北宋文選

第二册

楊慶存 楊靜 編選

北京聯合出版公司

寄歐陽舍人書

題解 宋仁宗慶曆六年（一〇四六），歐陽修為曾鞏的祖父曾致堯寫了一篇墓誌銘。本文便是次年曾鞏寫給歐陽修的感謝信。

文章從推究銘志的原本入手，突出銘文的作用和意義。接着論述墓誌銘的作用及後來流於不實的原因，指出衹有「畜道德而能文章」之人才能寫出「公且是」的銘文。最後才轉入本題，闡發做人為文的道理，對歐陽修秉公為文，文德兼善表達推崇與讚美之意。

文章先設論點，再作解釋，逐層闡發，層層遞進，紆徐百折，議論酣暢，把感激之情、推重之意表達得自然深摯，稱得上「南豐第一得意書」（清·浦起龍《古文眉詮》）。

原文 鞏頓首再拜舍人先生①：去秋人還②，蒙賜書及所撰先大父墓碑銘③。反復觀誦，感與慚幷。

夫銘志之著於世④，義近於史，而亦有與史异者。蓋史之於善惡無所不書，而銘者，蓋古之人有功德材行志義之美者，懼後世之不知，則必銘而見之，或納於廟，或薦於墓，一也。苟其人之惡，則於銘乎何有？此其所以與史异也。其辭

之作，所以使死者無有所憾，生者得致其嚴⑤。而善人喜於見傳，則勇於自立；惡人無有所紀，則以愧而懼。至於通材達識，義烈節士，嘉言善狀，皆見於篇，則足爲後法。警勸之道，非近乎史，其將安近？

及世之衰，爲人之子孫者，一欲褒揚其親而不本乎理。故雖惡人，皆務勒銘⑥，以誇後世。立言者既莫之拒而不爲，又以其子孫之所請也，書其惡焉，則人情之所不得，於是乎銘始不實。後之作銘者當觀其人。苟托之非人，則書之非公與是，則不足以行世而傳後。故千百年來，公卿大夫至於里巷之士莫不有銘，而傳者蓋少。其故非他，托之非人，書之非公與是故也。

然則孰爲其人而能盡公與是歟？非畜道德而能文章者無以爲也⑦。蓋有道德者之於惡人則不受而銘之，於衆人則能辨焉。而人之行，有情善而迹非，有意奸而外淑，有善惡相懸而不可以實指，有實大於名，有名侈於實。猶之用人，非畜道德者惡能辨之不惑⑧，議之不徇⑨？不惑不徇，則公且是矣。而其辭之不工，則世猶不傳，於是又在其文章兼勝焉。故曰非畜道德而能文章者無以爲也，豈非然哉！

然畜道德而能文章者，雖或幷世而有，亦或數十年或一二百年而有之。其

傳之難如此，其遇之難又如此。若先生之道德文章，固所謂數百年而有者也。先祖之言行卓卓⑩，幸遇而得銘，其公與是，其傳世行後無疑也。而世之學者，每觀傳記所書古人之事，至其所可感，則往往衋然不知涕之流落也⑪，況其子孫也哉？況鞏也哉？其追睎祖德而思所以傳之之繇⑫，則知先生推一賜於鞏而及其三世。其感與報，宜若何而圖之？

抑又思若鞏之淺薄滯拙，而先生進之；先祖之屯蹶否塞以死⑬，而先生顯之，則世之魁閎豪傑不世出之士⑭，其誰不願進於門？潛遁幽抑之士⑮，其誰不有望於世？善誰不爲，而惡誰不愧以懼？爲人之父祖者，孰不欲教其子孫？爲人之子孫者，孰不欲寵榮其父祖？此數美者，一歸於先生。旣拜賜之辱⑯，且敢進其所以然。所諭世族之次⑰，敢不承教而加詳焉？

幸甚，不宣。鞏再拜。

注釋

①歐陽舍人：卽歐陽修。舍人，官名，中書省舍人，掌文書行命令。元豐五年（一〇八二）改革官制前僅爲階官，不任實職，由知制誥與翰林學士起草詔令。歐陽修於慶曆五年（一〇四五）降知制誥，因其相當於「舍人」之職，故此通稱。②去秋：指慶曆六年（一〇四六）秋。③賜書：指歐陽修《與曾鞏論氏族》。先大父：已故的祖父。指曾致堯，字正臣。少篤儒修文。南唐末據不出仕。仕宋後奏議多所指陳，勇言得失，在屢遭貶謫而死。官至吏部郞中。墓碑銘：刻在墓碑上的銘文。這裏指歐陽修爲曾鞏的祖父曾致堯所撰《尚書戶部郞中贈右諫議大夫曾公神道碑銘》。④銘志：墓銘和墓志。銘用韻文，爲碑文最後的贊頌文字。志多散文，多記述死者生前事迹。⑤致其嚴：語出《孝經·紀孝行》。致，給與，送給，引申爲表達。嚴，尊敬。⑥勒銘：把銘文刻在碑上。勒，刻。⑦畜：同「蓄」，積聚，包蘊。⑧惡：怎麼，如何。⑨徇：徇私，曲從。⑩卓卓：高尙。⑪衋然：悲傷痛苦的樣子。⑫睎：仰慕。繇：同「由」，原因。⑬屯蹶：艱難顚僕，頻受挫折的樣子。否塞：困厄不得志。⑭魁閎：俊偉。閎，大。⑮潛遁：避世隱居。幽抑：抑鬱不得志。⑯拜賜：接受賜與。辱：有辱於賜者，意爲對受賜者來說是榮幸。古人書信中常用作謙詞，沒有實際意義。⑰所諭世族之次：指歐陽修《與曾鞏論氏族書》中對曾氏家族的世次等的疑問與判斷。諭，告諭，知曉，一般用於上對下。

譯文

曾鞏叩頭再次拜上，舍人先生：去年秋天有人回來，承蒙您賜予書信以及爲先祖父撰寫的墓碑銘。我反復讀誦，心中感愧交并。

銘志之所以能夠著稱後世，是因爲它的意義與史傳相近，但也有與史傳不相同的地方。因爲史傳對人的善惡都一一加以記載，而墓志銘大概是古代功德卓著、才能操行出衆，志氣道義高尙的人，恐怕後世人不知道，就一定要立碑刻銘來表現。有的置於家廟中，有的放入墓中，其用意是一樣的。

如果那個人名聲不好，那麼在銘文中有什麼好記載的呢？這就是碑銘與史傳不同的地方。銘文的寫作，就是使死者沒有什麼遺憾，生者得以表達自己的敬仰之情。而善人喜歡自己的言行得以流傳後世，就會發奮有所作爲；惡人沒有什麼可記載，就會感到慚愧和惶恐。至於博學多才、見識通達的人，忠義剛烈之士，他們的美好言行，都表現在銘文裏，就足以成爲後人的楷模。銘文警惡勸善的作用，不接近史傳，又與什麼接近呢！

等到世風衰微的時候，爲人子孫的，一心想褒揚自己的親人而不根據事理。所以即使是惡人，都一定要立碑刻銘來向後人誇耀。撰寫銘文的人既不能推辭不寫，又因爲死者子孫的一再請托，如果直書死者的惡行，從人情上說是行不通的，這樣銘文就開始出現不實之辭。想給死者作碑銘的後輩子孫，通常要觀察一下作者的爲人。如果把撰寫碑銘的事托付給一個不得當的人，那麼他寫的銘文必定不會公正、眞實，就不值得能流行於後世。所以千百年來，盡管上自公卿大夫下至平民百姓，死後都有碑銘，但流傳下來的很少。這沒有別的原因，正是請托的人不合適，記載不公正、不確實的緣故。

既然這樣，那麼，什麼樣的人才算得當，而能寫得完全公正和符合事實呢？不是道德修養很高而且擅長寫文章的人是做不到的。因爲有道德修養的人對於惡人，就不會接受請托而爲他們撰寫銘文，對於一般的人也能把該寫的和不該寫的分辨清楚。而人們的品行，有內心善良而行爲卻不怎麼好的，有內心奸惡而外表良善的，有善行惡行相差懸殊而很難確指的，有實際行爲高於名望的，也有名過其實的。就像用人，如果不是道德高尚的人怎麼能辨別清楚而不被迷惑，怎麼能議論公允而不徇私情？能不受迷惑，不徇私情，就是公正和實事求是了。但是如果銘文的辭藻不精美，那麼依然不能流傳於世。因此，就要求他的文章同時也是好的。所以說，不是道德高尚而又擅長寫文章的人是不能寫好碑志銘文的，難道不是如此嗎？

但是，道德高尚而又善於作文章的人，雖然有時會同時出現幾個，但也許往往幾十年甚至一二百年才出現一個。因此銘文的流傳是如此之難，而遇上理想的作者更是加倍的困難。像先生的道德和文章，眞正算得上是幾百年中才有的。我先祖的言論行爲非常高尚，有幸遇上先生爲其撰寫公正而又符合事實的碑銘，它將流傳於當代和後世是毫無疑問的。世上的學者，每每閱讀史傳記載中所寫古人事迹的時候，讀到其中感人之處，就常常激動得不知不覺地流下了眼淚，何況是死者的子孫呢？又何況是我呢？我追懷仰慕先祖的德行，而想到碑銘所以能傳之後世的原因，就知道先生惠賜一篇碑銘將會恩澤及於我家祖孫三代。這感激與報答之情，我應該怎樣來表示呢？

我又進一步想到，像我這樣學識淺薄、才能庸陋的人，先生還提拔鼓勵我，我先祖這樣命途多乖窮愁潦倒而死的人，先生還寫了碑銘使他顯揚於後世。那麼，世上那些心胸宏偉、氣概豪邁而時不多見的杰出之士，難道還有誰不願意拜倒在您的門下？那些隱迹山林、抑鬱不得志的人，他們誰不希望在世有所作爲，名聲流播於世？好事誰不想去做，而醜惡的行爲又有誰不感到羞愧和恐懼？當父親、祖父的，誰不想教育好自己的子孫？做子孫的，誰不想使自己的父親、祖父得到尊崇和榮耀呢？這種種美德，應當全歸於先生。我榮幸地得到了您的恩賜，并且冒昧地向您陳述自己所以感激的道理。您來信所論及的我的家族世系，我怎敢不聽從您的教誨而加以研究審核呢？

榮幸之至，書不盡懷，曾鞏再拜上。

贈黎安二生序

題解 黎、安二生因爲學習古文被鄉人譏笑其迂闊，請曾鞏爲之辨駁。曾鞏并沒有正面駁斥「迂闊」之誣，卻從「迂闊」二字生發出議論，并結合自己的體會娓娓而談，指出祇要「信乎古」、「志乎道」，即使被人譏笑或處境睏頓，也不要與世俗同流合污。

作者旨在啟發和勉勵二生要堅持學習古文，更要學習古道，表現了作者在當時古文運動中的堅定立場，具有積極意義。文章把尖銳的批評和論理寓於親切如話的口語之中，由文及人，由人及時，緊扣「迂闊」二字，寫得深入淺出，層次分明，言簡意賅，於平正直樸中見波瀾曲折。

原文 趙郡蘇軾①，余之同年友也②。自蜀以書至京師遺餘③，稱蜀之士曰黎生、安生者。既而黎生攜其文數十萬言，安生攜其文亦數千言，辱以顧餘④。讀其文，誠閎壯雋偉⑤，善反復馳騁，窮盡事理；而其材力之放縱，若不可極者也。二生固可謂魁奇特起之士⑥，而蘇君固可謂善知人者也。

頃之，黎生補江陵府司法參軍⑦。將行，請予言以爲贈。余曰：「余之知生，既得之於心矣，乃將以言相求於外邪？」黎生曰：「生與安生之學於斯文⑧，里之人皆笑以爲迂闊⑨。今求子之言，蓋將解惑於里人。」

余聞之，自顧而笑。夫世之迂闊，孰有甚於予乎？知信乎古，而不知合乎世；知志乎道，而不知同乎俗。此余所以困於今而不自知也。世之迂闊，孰有甚於予乎？今生之迂，特以文不近俗，迂之小者耳，患爲笑於里之人。若餘之迂大矣，使生持吾言而歸，且重得罪⑩，庸詎止於笑乎⑪？然則若余之於生，將何言哉？謂餘之迂爲善，則其患若此；謂爲不善，則有以合乎世，必違乎古，有以同乎俗，必離乎道矣。生其無急於解里人之惑⑫，則於是焉，必能擇而取之。遂書以贈二生，并示蘇君，以爲何如也？

注釋 ①趙郡：後魏設置，宋初稱趙州，今屬河北。蘇軾祖籍趙州欒城（今河北欒城），故曾鞏以原籍相稱。②同年：舊稱同科考中的人爲同年。曾鞏與蘇軾於嘉祐二年（一〇五七）同中進士，故稱。③遺：給，贈送。④辱：謙詞，意思是黎、安二生不惜降低身份來看望自己。顧：拜訪。⑤閎：宏大。雋：意味深長。⑥魁奇：亦作「魁畸」，杰出，特异。特起：崛起，挺出。⑦補：舊指補充官職的缺額。江陵府：治所在今湖北省江陵縣。司法參軍：官名。郡守的佐吏，負責獄訟。⑧斯文：指當時歐陽修、蘇軾等人倡導的古文。⑨迂闊：思想行爲迂腐，拘謹，不切實際。⑩且：將。重：更加。⑪庸詎：豈，何。朔：農曆初一日。⑫其：語氣助詞，有「請」、「希望」之意。

譯文 趙郡蘇軾，是和我同年考中進士的朋友。他從蜀地寫信到京城給我，稱揚蜀地的兩位姓黎和姓安的讀書人。不久，黎生帶着他幾十萬字的文章，安生帶着他幾千字的文章，不遠千里屈尊來看我。我讀了他們的文章，覺得確實氣勢雄偉，意味深長，善於用奔放的文筆反復辨析，透徹地闡發事物的道理。那奔放恣肆、有如江海橫溢的文才，好像難以望到它的盡頭。二人確實可以說得上是特別杰出的人才，而蘇君當然也可以說是善於發現人才的人啊！

過了一段時間，黎生補任江陵府司法參軍，將要動身的時候，請我寫幾句話作爲臨別贈言。我說：「我了解你，已經在心裏留下印象了，難道還需要用言辭表達出來麼？」黎生說：「我和安生學習古文，同鄉的讀書人都譏笑我們不切實際，現在請您寫幾句話，是想打消同鄉人的糊塗看法。」我聽後，想想自己，不禁笑了。講到世上那些不切實際的人，還有誰比我更嚴重呢？祇知道相信古人，卻不懂得迎合當今的潮流；祇知道立志於聖賢之道，卻不懂得隨同世俗的好惡；這就是我爲什麼到現在處境困窘，而自己還不明白的原因。世上不切實際的人，還有誰比我更嚴重呢？現在你們的不切實際，祇是因爲文章寫得和流行的「時文」不同，這不過是小小的不切實際罷了，你們就擔心被同鄉人譏笑；像我的不切實際這樣嚴重，如果你們把我的贈言拿回去，就會引起他們更多的指責，豈止是嘲笑呢？既然這樣，那麼我將對你們說些什麼呢？要說我不切實際是正確的，它的後果卻是窮困潦倒；說它不正確，那麼，你要設法迎合潮流，但一定會違背古訓；你要設法隨同世俗，就一定背離聖賢之道了。你們還是不要急於解除同鄉鄰里的糊塗認識吧，能夠這樣，你們就能在這截然相反的兩條道理上選擇正確的一條。我就寫了這些話贈給二位，并且拿給蘇君看，不知他認爲如何？

周敦頤

作者簡介 周敦頤（一〇一七—一〇七三），北宋理學家。字茂叔，號濂溪，世稱濂溪先生。道州營道（今湖南道縣）人。宋仁宗景祐三年（一〇三六）得蔭出仕。歷任洪州分寧縣主簿、南安軍司理參軍、合州判官等職，頗有政聲。著有《太極圖說》、《通書》四十篇。

周敦頤是宋代理學的創始人之一，提出「太極」一動一靜産生陰陽萬物的學説，對宋明理學影響很大，程顥、程頤都是他的弟子。他雖然第一個提出「載道」説，宣揚重道輕文，但在創作實踐中，也表現出相當的功力，説理論事，質實自然，文辭古樸簡潔。

愛蓮説

題解 文章借菊、蓮、牡丹三種名花的品評，象徵性地表現三種不同品格人物的處世情態，着重突出了蓮花清幽雅淨之美和「出淤泥而不染，濯清漣而不妖」的高潔品格，以蓮喻君子，表現了作者淡泊名利、潔身自愛的高尚情操和志向。同時也包含着作者對人生、世事的一種慨嘆。文字簡潔凝煉，優美含蓄，富有詩意，是膾炙人口的名篇。

原文 水陸草木之花，可愛者甚蕃[1]。晉陶淵明獨愛菊[2]；自李唐來，世人甚愛牡丹[3]。予獨愛蓮之出淤泥而不染，濯清漣而不妖[4]，中通外直，不蔓不枝，香遠益清，亭亭淨植，可遠觀而不可褻玩焉[5]。

予謂：菊，花之隱逸者也；牡丹，花之富貴者也；蓮，花之君子者也。噫！菊之愛，陶後鮮有聞[6]；蓮之愛，同予者何人？牡丹之愛，宜乎衆矣。

注釋 ①蕃：多。②陶淵明：東晉著名詩人，潯陽柴桑（今江西九江）人。性愛菊，其詩多處詠菊，用以表現高潔的志尙和堅貞的節操。如《飲酒》詩中的「采菊東籬下，悠然見南山」等。③世人甚愛牡丹：據唐李肇《國史補》記載：「京城貴游尙牡丹，每暮春，車馬若狂。種以求利，一本有直數萬者。」其風至宋初不衰，歐陽修所撰《洛陽牡丹記》可見一斑。④濯：洗滌。漣：風吹水面所形成的波紋。妖：妖艷。⑤褻：態度輕慢，親近而不莊重。⑥鮮：少。

譯文 生長在水中、陸上的各種花卉，可愛的很多。東晉陶淵明唯獨喜愛菊花。從李唐王朝以來，世人特別喜愛牡丹。而我衹愛蓮花，愛它出於淤泥卻不受污染，在清風漣漪中沐浴而不妖艷，荷梗中間貫通而外形挺直，沒有枝蔓，香氣散發到遠處越發清香，筆直潔凈地挺立水中，衹可以在遠處觀賞，但不能靠近褻瀆玩弄。

我認爲菊花是花中的隱士；牡丹是花中的富貴者；蓮花是花中的君子。唉！愛菊花的人，在陶淵明以後很少有人聽到了。愛蓮花的人，像我一樣的還有誰呢？喜愛牡丹的人，當然是很多了。

宋祁

作者簡介 宋祁（九九八—一〇六一），字子京，安州安陸（今屬湖北）人。宋仁宗天聖二年（一〇二四）進士。歷任翰林學士、龍圖閣學士、工部尚書及翰林學士承旨等。卒謚景文。著有《宋景文集》。

宋祁的詩歌多抒寫個人生活情懷與人生感慨，「博奧典雅，具有唐以前格律」（《四庫全書總目提要》）。在散文創作方面也足稱名家，為文質樸簡古，兼有駢體和散體，卻時有晦澀之病。此外，宋祁還是一位重要的史學家。宋仁宗慶曆四年（一〇四四），與歐陽修等合作編修《新唐書》，主撰列傳部分。《新唐書》的作者們立意要對後晉人劉昫等編撰的《唐書》有所變革和補充，首創了《儀衛誌》、《選舉誌》和《兵誌》，確實有勝於舊作的地方。但也存在着記事矛盾、風格體例不同的瑕疵。

李白傳[1]

題解 本篇見於《新唐書·文藝列傳》。李白是唐代偉大的浪漫主義詩人，深受後人推崇，有「詩僊」、「詩俠」之稱。本文主要敘述了李白一生的傳奇經歷，表現其天馬行空、驁放不馴的性格和不可掩抑的絕世才華，用字準確，行文簡潔，是一篇精煉的李白小傳。既有重要的史學價值，又富有文學價值。

原文 李白，字太白，興聖皇帝九世孫[2]。其先隋末以罪徙西域，神龍初[3]，遁還，客巴西[4]。

白之生，母夢長庚星⑤，因以命之。十歲通詩書。旣長，隱岷山⑥。州舉有道⑦，不應。蘇頲爲益州長史⑧，見白异之，曰：「是子天才英特，少益以學，可比相如⑨。」然喜縱橫術⑩，擊劍，爲任俠，輕財重施。更客任城⑪，與孔巢父、韓准、裴政、張叔明、陶沔居徂徠山⑫，日沈飲，號「竹溪六逸」。天寶初⑬，南入會稽⑭，與吳筠善⑮。筠被召，故白亦至長安。往見賀知章⑯，知章見其文，嘆曰：「子，謫仙人也！」言於玄宗⑰。召見金鑾殿，論當世事，奏頌一篇。帝賜食，親爲調羹。有詔供奉翰林⑱。白猶與飲徒醉於市。帝坐沈香亭子⑲，意有所感，欲得白爲樂章；召入，而白已醉，左右以水頮面⑳，稍解，授筆成文，婉麗精切無留思。帝愛其才，數宴見。白嘗侍帝，醉，使高力士脫靴㉑。力士素貴，恥之，擿其詩以激楊貴妃㉒，帝欲官白，妃輒沮止。白自知不爲親近所容，益驁放不自修，與知章、李適之、汝陽王璡、崔宗之、蘇晉、張旭、焦遂爲「酒中八仙人」㉓。懇求還山，帝賜金放還。白浮游四方，嘗乘舟與崔宗之自采石至金陵㉔，著宮錦袍坐舟中，旁若無人。

安祿山反㉕，轉側宿松、匡盧間㉖，永王璘辟爲府僚佐㉗。璘起兵，逃還彭澤㉘，璘敗，當誅。初，白游并州㉙，見郭子儀㉚，奇之。子儀嘗犯法，白爲救免。至是子儀請解官以贖，有詔長流夜郎㉛。會赦，還尋陽㉜，坐事下獄。時宋若思將吳兵三千赴河南㉝，道尋陽，釋囚辟爲參謀，未幾辭職。李陽冰爲當塗令㉞，白依之。代宗立㉟，以左拾遺召㊱，而白已卒，年六十餘。

白晚好黃老㊲，度牛渚磯至姑孰㊳，悅謝家青山㊴，欲終焉。及卒，葬東麓。元和末㊵，宣歙觀察使范傳正祭其塚㊶，禁樵采。訪後裔，惟二孫女嫁爲民妻，進止仍有風範，因泣曰：「先祖志在青山，頃葬東麓，非本意。」傳正爲改葬，立二碑焉。告二女，將改妻士族。辭以「孤窮失身，命也！」，不願更嫁。傳正嘉嘆，復其夫徭役。文宗時㊷，詔以歌白詩、裴旻劍舞㊸、張旭草書爲「三絕」。

注釋　①本文選自《新唐書・文藝傳》，原爲李白與書法家張旭和詩人王維等二十餘人合傳。李白（七〇一—七六二），據說李白的祖籍是隴西成紀（今甘肅秦安西北）。②興聖皇帝：指漢將李廣的後代李暠。十六國時，李暠於公元四〇〇年在今甘肅敦煌建立西涼政權，自稱涼公，被尊爲涼武昭王；李淵建立唐朝，自稱隴西李氏之後，爲光大祖先之德，於唐玄宗天寶二年（七四三）將李暠追尊爲興聖皇帝。③神龍：武則天稱帝時所用年號，神龍元年（七〇五），唐中宗恢復帝位，沿用此年號未改。④巴西：郡名，唐時置綿州巴西郡，下轄八縣，其中有昌隆縣，在今四川江油南。即李白客居之地。⑤長庚星：即金星，亦稱太白、啓明。古人因其朝現暮隱而不改其明亮，認爲它是光明、智慧的象徵。⑥岷山：岷山山脈位於四川北部，綿延四川、甘肅兩省邊境。⑦有道：漢代選舉人才設有有道科，唐仍沿用。⑧蘇頲（六七〇—七二七）：京兆武功（今陝西武功）人，武則天時進士，唐代著名文學家，開元間曾至宰相。益州：即蜀郡，治所在成都（今四川成都）。長史：州刺史的助手。⑨相如：即西漢辭賦家司馬相如（前一七九—前一一七），蜀郡成都人。⑩縱橫術：縱橫家的學問和技能。戰國時的縱橫家們多以奇謀异智縱橫捭闔於世而謀求功名利祿，反復於諸侯之間而不恥於朝秦暮楚。⑪任城：唐代兗州魯郡所轄十縣之一，在今山東省濟寧市。⑫孔巢父（？—七八四）：孔子第三十七世孫，長期隱於徂徠山中，在唐德宗（七八〇—八〇四）時曾官至給事中兼御史大夫。韓准、裴政、張叔明、陶沔：均爲當時名士，事均不詳。徂徠山：山名，在今山東泰安市東南。⑬天寶：唐玄宗李隆基年號（七四二—七五六）。⑭會稽：縣名，在今浙江紹興，唐代屬越州會稽郡，境內有會稽山。⑮吳筠（？—七七八）：字貞節，華州華陰（今陝西華陰縣東南）人。少通經，善屬文。因舉進士不第而遁世，長期隱於嵩山，與名士相娛樂，文辭傳頌京師。玄宗聞其名，多次召吳筠入京。⑯賀知章（六五九—七四四）：字季眞，自號「四明狂客」，越州永興（今浙江蕭山）人，唐代著名詩人，曾仕至集賢院學士，後弃官歸鄉，放縱於詩酒。李白至長安時，知章在京任太子賓客。⑰玄宗：即唐明皇李隆基（六八五—七六二），執政時期社會安定，政治清明，經濟空前繁榮，唐朝進入鼎盛時期，史稱「開元之治」；晚期貪圖享受，寵信楊貴妃、楊國忠兄妹，重用奸相李林甫，終於導致「安史之亂」，拉開了後世藩鎮割據、軍閥混戰的序幕，唐朝由盛而衰。⑱供奉翰林：在翰林院擔任供奉，屬於沒有固定品級的閑差。在封建時代，歷代帝王均常招攬文人學者侍從於身邊協助撰寫文告等事。⑲沈香亭子：唐代宮內所建亭閣之一，唐玄宗在亭畔多植牡丹，常與楊貴妃在此共飲觀賞歌舞。⑳頮面：洗臉。㉑高力士（六八四—七六二）：高州良德（今廣東高州東北）人，本姓馮，曾爲宦官高延福養子而改姓高，并在武則天時入宮爲宦者。玄宗時，倚恃楊貴妃的寵信，弄權內宮，排斥异己，爲害甚劇。㉒「摘其詩」句：李白在沈香亭帶醉作《清平調》三章，本爲詠牡丹之作，其中有「可憐飛燕倚新妝」一句，感嘆漢成帝時趙飛燕由宮人立爲皇後而被廢爲庶人自殺而死的舊事。高力士歪曲詞意，說李白是以趙飛燕影射楊貴妃，楊貴妃由此視李白爲仇。㉓「與知章」句：「酒中八仙人」指唐代與李白一起詩酒相娛狂放不羈的八位名士；杜甫有《飲中八仙歌》。李適之，唐太宗之子常山王李承乾之孫，玄宗時官至御史大夫、左丞相，喜賓客，好飲酒，因與李林甫不和而被排斥。汝陽王璡，指李璡，唐玄宗的异母兄長，史書稱其「性謹潔」、「善射」。崔宗之，唐代吏部尚書之子崔日用之子，滑州靈昌（今河南滑到西南）人，史書中說他好學，爲人寬博而有風致。蘇晉，雍州藍田（今天陝西藍田）人，少有才名。玄宗時歷任戶部、吏部侍郎，後爲中書舍人，制令多出其手。張旭，蘇州吳（今江蘇蘇州）人，著名書法家，尤擅草書，後人贊爲「草聖」。焦遂，身世不詳。杜甫詩稱其「五斗方卓然」

而「高談驚四座」。㉔采石：采石磯，在今安徽省當塗縣西北。金陵：即今江蘇南京。㉕安祿山（七〇三—七五七）：營州柳城（今遼寧朝陽）人。深得唐玄宗和楊貴妃寵信，官至平盧（治所在今遼寧朝陽）、範陽（治所在今北京西南）、河東（治所在今山西太原市西南晉源鎮）三鎮節度使，後於天寶十四年（七五五）冬起兵叛亂。㉖宿松：唐代舒州同安郡屬縣，在今安徽宿松。匡廬：即今江西廬山。㉗永王璘：唐玄宗之子，「安史之亂」時在江南任荆州大都督，玄宗流亡入川，其兄肅宗李亨稱帝，令李璘率兵入蜀迎玄宗北歸，璘不從命，反而擁兵自大，欲謀帝位，後兵敗被殺。㉘彭澤：唐代江州尋陽郡屬縣，今江西省彭澤縣。㉙并州：唐代又稱太原府太原郡，治所在今山西省太原市西南。㉚郭子儀（六九七—七八一）：華州鄭縣（今陝西華縣）人，在「安史之亂」中平叛有功，唐肅宗即位後，出任兵部尚書、同中書門下平章事。㉛夜郎：古國名，在雲貴高原。唐玄宗天寶元年置夜郎郡，治所在今貴州省北部正安縣。㉜尋陽：今江西省九江市。㉝宋若思：生平不詳。唐肅宗時爲御史中丞。㉞李陽冰：生卒年不詳，唐代文學家、書法家。字少溫，趙郡（今河北趙縣）人。李白族叔。曾主編李白詩集《草堂集》，并爲序。對李白作品的傳世有重要貢獻。㉟代宗：即唐代宗李豫（七二六—七七九），唐肅宗長子。公元七六二年至七七九年在位。當時唐朝國勢轉衰，其本人又迷信佛教，政治形勢每況愈下。㊱左拾遺：官職名，唐置，職司規諫君王，屬門下省。㊲黃老：道家尊黃帝、老子爲其教義的創始人，後常以黃老代指道家。㊳牛渚磯：即采石磯。姑孰：古城名，因城南有姑孰溪而得名，地在今安徽省當塗縣境。㊴謝家青山：山名，在姑孰古城附近，又稱謝公山。據說，南北朝南齊著名詩人謝朓愛此山風景而常游於此，故曰謝家青山。㊵元和：唐憲宗年號（八〇六—八二〇）。㊶宣歙觀察使：唐朝自唐太宗時分天下十道，道下設州、府，因置觀察使一職，管轄一道或數州政務；宣歙二州均屬右淮南東道，轄地主要在今安徽省。范傳正：唐憲法宗時爲宣歙觀察使，時當塗縣令諸葛縱，均對李白之遷葬有功，餘事不詳。㊷文宗：即唐文宗李昂（八〇九—八四〇），公元八二七年至八四〇年在位。㊸裴旻：唐代以劍術勇武聞名的人物，曾隨幽州都督孫佺北伐，被奚人所圍，奚人四面以箭射之，裴旻在馬上舞劍相御，箭盡斷，圍解；後爲龍華軍使，駐守北平（唐天寶時改平州爲北平郡，治所在今河北盧龍），北平多虎，裴旻善射，曾經一日射虎三十一隻。

譯文

李白，字太白，是「十六國」時期西涼國開國君主李暠的第三十九代孫。李白的祖先於隋朝末年因罪被流放到西域，他就出生在那裏。唐中宗神龍元年（七〇五），他的父輩從西域返回內地，客居於綿州巴西郡的昌明縣。

李白出生的時候，他母親夢見太白星落入懷中，因而給他起名白，又字太白。十歲時，李白就已經能通讀《詩經》、《尚書》等經典。及至長大成人，他離家隱居於岷山，潛心讀書。當時所在州郡地方長官聽說李白的情況後，打算按照當時選舉人才的制度以有道科舉薦他，李白沒有接受。當時的著名文學家蘇頲擔任益州長史時，見到李白之後，很爲李白的氣質和才華感到驚异，曾對人說：「這個青年是天生英俊杰出的人才，衹要稍加努力，增加點學問，將來的成就可以和漢代文學巨匠司馬相如相比。」然而李白喜歡戰國縱横家的性格恣縱、思想活躍而以异智雄辯去左右天下治亂的本領，又酷好劍術，爲人行俠仗義，輕財好施。後來，李白又客居孔子的故鄉任城，與孔巢父、韓准、裴政、張叔明、陶沔等到名士居於徂徠山，以山水爲家，終日酣飲沉醉，當時號稱「竹溪六逸」。唐玄宗天寶初年（七四二），李白南游到會稽，和當時文名甚隆的道士吴筠友善。吴筠被召入京，所以李白也隨吴筠之後到了長安。到長安後，李白去拜見了曾任集賢院學士而性格放達的著名詩人賀知章，賀知章見到他的詩文，感嘆地說：「太白先生實在是個天上貶下人間的仙人啊！」并在玄宗面前極力推薦。唐玄宗很快在金鑾殿上召見了李白，和他一起討論當時的形勢和治國之計，李白獻上一篇題爲《宣唐鴻猷》的頌德之文。玄宗皇帝很高興，招待李白在宫中進餐，并親自爲他盛湯夾菜。又下令委任他爲翰林供奉。但是，李白仍然和一些酒友在街市中聚飲，往往連日酣醉不醒。有一天，玄宗皇帝坐在沈香亭上閑坐，忽然意有所感，想讓李白寫一首歌詞供樂府配曲歌唱；於是召李白入宫，而李白已經醺然大醉。玄宗身邊的左右侍從用凉水給李白洗臉，才酒意稍解，拿筆給他，他提起筆一揮而就，寫出了《清平調》詞三首，文辭婉轉華麗而構思精巧細致，感情抒發得淋灕盡致。玄宗皇帝越來越喜愛他的才華過人，多次召他入宫設宴款待。李白經常陪從在玄宗皇帝身邊，但放縱恣肆的個性并没有改變。有一次喝得大醉，讓楊貴妃寵信的宦官高力士爲他脱鞋。高力士平素倚仗楊貴妃的權勢一貫覺得自己地位尊貴，對李白讓他脱靴一事深以爲耻而懷恨在心，於是從李白的《清平調》中斷章摘句中附會歪曲，激起了楊貴妃對李白的憎惡之心。這樣一來，玄宗皇帝雖有意委任李白官職，卻總是因爲楊貴妃的干擾阻止而未得實現。時間長了，李白自己知道不被玄宗的親近楊貴妃和高力士所容忍，於是更加任性放縱，對自己的行爲更加不檢點。他經常與賀知章、李適之、汝陽王李璡、崔宗之、蘇晉、張旭、焦遂等人一起，出入歌樓酒館，狂飲高歌，并自稱是「酒中八仙人」。後來，賀知章辭官回鄉去做了道士，李白懇求引退還山，玄宗皇帝也就順水推舟答應了李白的請求，并賞賜他一些黄金表示安慰。李白在長安前後不到三年，離京之後更是行踪無定，漂泊四方；他曾經和崔宗之一起坐船暢游長江，乘船從采石磯順流直下到金陵，身上穿着在長安時用宫中特制的皇帝所賜的宫錦袍，昂然端坐在船中飲酒賞景，旁若無人。

天寶十四年（七五五）十一月間，安祿山在範陽起兵造反，天下大亂，玄宗被迫流亡入蜀。這時，李白輾轉於安徽、江西一帶。當時擔任江陵府都督的永王李璘愛慕李白的才華，聘請他到都督府擔任僚佐。後來，李璘起兵想做皇帝，李白不辭而别逃回江西。李璘兵敗被殺，李白也因爲曾經依附叛逆而按律當斬。幸好，李白早年游學山西時，正逢郭子儀觸犯軍法將受懲處，李白設法爲他説情使他免了一難。到這時李白陷入困境，而郭子儀則已在平定安史之亂中立下大功而當了兵部尚書；郭子儀不忘舊情，向新即帝位的唐肅宗李亨提出請求，願以解除自己的官職爲條件替李白贖罪。肅宗看在郭子儀的面上，免了李白的死罪，下令將他流放到雲貴高原的荒僻之地。乾元二年（七五九），唐肅宗爲表示國家復興之喜下令大赦，李白也被赦免。這時，李白已年近六十，不知什麽緣故又被牽連入獄。那時宋若思率領吳地之兵三千人將赴河南，途中經過尋陽，將李白釋放出獄，并聘請他爲行軍參謀。衹過了很短一段時間，李白又辭去參謀之職。當時，李白有一位遠房的叔父李陽冰在安徽當塗當縣令，年老力衰的李白衹好去投奔他。不久，唐代宗李豫即位，召李白入京擔任左拾遺；而這時李白已經去世了，終年六十餘歲。

李白晚年十分愛好黄老之學。他在當塗時，曾從采石磯游長江到姑蘇古城游玩，很喜歡當地名勝青山的風景秀麗；據説，南齊著名詩人謝眺也很喜歡這裏的風景，曾經常來此游玩。所以，李白也想在此地終老。等他去世後，被安葬在青山以西的龍山東坡下。唐憲宗元和末年，宣歙觀察使范傳正到姑孰祭奠李白的墓，并下令禁止在李白墳墓周圍采樵和放牧。范傳正還在當地尋找李白的後人，衹找到他的兩個孫女，已經嫁給了普通平民之家，但行爲舉止仍然保持着斯文世家的風範。她們見了范傳正，哭泣着請求：「先祖本意是愛戀青山，現在卻葬在東邊龍山的山腳下，不是他老人家的本意。」於是范傳正將李白遺骨移葬於青山旁，并在墓前豎立了兩塊石碑。他還告訴李白的兩個孫女，要將她們改嫁到讀書人家。兩個孫女都推辭説：「我們原來孤獨窮苦而無以爲生，才被迫嫁到窮人之家，這是我們命中注定的事情！」一致表示不願意再嫁。范傳正很受感動，決定免他們的丈夫爲官府服勞役的負擔。唐文宗時，下詔將李白的詩歌、裴旻的劍舞、張旭的草書并稱爲「三絶」。

李覯

作者簡介 李覯（一〇〇九—一〇五九）北宋思想家、詩人。字泰伯，世稱盱江先生。建昌南城（今屬江西）人。他俊辯能文，舉茂才异等不中，講學自給，來學者常數十百人。宋仁宗皇祐初年（一〇四九），范仲淹薦爲太學助教，後爲直講。著有《直講李先生文集》。

袁州州學記①

題解 本文主要記敘了袁州知州祖無擇修建州學的事迹。作者首先記敘了袁州州學建立的過程，針砭了建學不力的官吏，稱讚了祖無擇重視教育、興建學舍的功績。并結合秦漢兩代的教訓與經驗進行對比論述，闡敘了立學興教對維繫人心、治國平天下的重要作用，把興辦教育與振興國家聯係在一起。立論警切，結構嚴謹，既有膽識，又有説服力。

原文 皇帝二十有三年②，制詔州縣立學③。惟時守令，有哲有愚。有屈力殫慮④，祗順德意⑤；有假官借師，苟具文書。或連數城，亡誦弦聲⑥。倡而不和，教尼不行⑦。

三十有二年，範陽祖君無擇知袁州⑧。始至，進諸生，知學宮闕狀，大懼人材放失，儒效闊疏，亡以稱上意旨。通判潁川陳君侁⑨，聞而是之，議以克合⑩。相舊夫子廟，狹隘不足改爲，乃營治之東。厥土燥剛⑪，厥位面陽，厥材孔良⑫。殿堂門廡⑬，黝堊丹漆⑭，舉以法。故生師有舍，庖廩有次⑮。百爾器備⑯，并手偕作。工善吏勤，晨夜展力，越明年，成。

捨菜且有日⑰，盱江李覯諗於衆曰⑱：「惟四代之學⑲，考諸經可見已。秦以山西鏖六國⑳，欲帝萬世，劉氏一呼而關門不守㉑，武夫健將，賣降恐後，何耶？《詩》、《書》之道廢，人惟見利而不聞義焉耳！孝武乘豐富㉒，世祖出戎行㉓，皆孳孳學術㉔。俗化之厚，延於靈、獻㉕，草茅危言者㉖，折首而不悔；功烈震主者，聞命而釋兵。群雄相視，不敢去臣位，尚數十年。教道之結人心如此！今代遭聖神，爾袁得聖君，俾爾由庠序踐古人之迹㉗。天下治，則譚禮樂以陶吾民㉘；一有不幸，尤當仗大節，爲臣死忠，爲子死孝。使人有所賴，且有所法，是惟朝家教學之意。若其弄筆墨以徼利達而已㉙，豈徒二三子之羞㉚，抑亦爲國者之憂。

此年實至和甲午夏某月甲子記。

注釋 ①袁州：宋時州名，治所在今江西宜春。州學：州辦的學校。②皇帝：指宋仁宗趙禎（一〇二三—一〇六三）。③制詔：皇帝頒發的命令文告。④殫：竭力，盡力。⑤祗：恭敬。⑥亡：通「無」。誦弦聲：誦讀弦歌之聲，泛指讀書聲。⑦尼：阻止。⑧範陽：古郡名，治所在今河北涿縣一帶。祖君無擇：即祖無擇，字擇之，上蔡（今河南汝南）人。⑨通判：官名，知州的副職，地位略次於州府長官。陳君侁：即陳侁，生平不詳。⑩克合：指觀點一致。克，能夠。⑪厥：其，那。⑫孔：很。⑬廡：堂下周圍的屋子。⑭黝：淡黑色。堊：這裏指白色。⑮庖：廚房。廩：米倉。⑯百爾：一切。⑰捨菜：古時立學開始，向孔子深造祭祀，常進獻芹菜一類的菜蔬作祭品，稱捨菜。捨，陳設，進獻。⑱盱江：水名，今屬江西。諗：規諫。⑲四代：指虞、夏、商、周。⑳山西：指崤山以西。鏖：戰鬥激烈。㉑劉氏：指漢高祖劉邦（前二〇六—前一九五在位）。關門：函谷關，在河南省靈寶縣東北。㉒孝武：即漢武帝劉徹。㉓世祖：東漢開國皇帝光武劉秀。㉔孳孳：努力不懈的樣子。㉕靈、獻：指東漢靈帝劉宏，獻帝劉協。㉖草茅：指在野未出仕之人。㉗俾：使。庠序：古代學校。㉘譚：談論，講習。㉙徼：通「邀」，謀取。㉚二三子：第二人稱復數，你們。

譯文 仁宗皇帝二十三年，詔令各州縣設立學校。衹是當時太守和縣令，有的賢明，有的愚昧。有的盡心竭力，恭敬地按照皇帝的旨意辦事；有的假借官府和師長的名義，隨便發布一個文告了事；有的接連幾座城市，沒有讀書的聲音。朝廷倡導，下面卻不響應，教育受到阻礙得不到推行。

仁宗皇帝三十二年，範陽人祖無擇任袁州知州。剛到任，他就召見儒生，了解到學校殘破的情況，非常擔心人材流失，儒學的教化作用削弱，不能合乎皇上的旨意。潁川人陳侁通判聽說後，認爲祖無擇的想法是對的，兩人商議的觀點能夠一致。他們察看了原來的夫子廟，覺得它太狹窄，不適宜改建成學校，於是決定在治所的東面營造學校。那兒的土質乾燥堅硬，地勢朝南，建築材料優良。學校的大殿、正堂、門庭、房廊，分別漆成黑、白、紅等色彩，全部都合乎法度。因此學生、老師都有宿舍，廚房、糧倉都安排有序，所有器物全都一起制作。工匠技藝高超，官吏工作勤奮，大家日以繼夜地努力工作，到了第三年，學校就建成了。

舉行祭孔的開學典禮即將到來，盱江人李覯勸勉衆人說：「虞、夏、商、周四代辦學之事，我們從經書上查考就可以知道。秦國憑借崤山以西的土地跟六國激戰，想要世世代代稱帝，劉邦振臂一呼，函谷關就守不住了，勇士猛將，叛變投降爭先恐後，什麼原因呢？那是因爲《詩經》、《尚書》中的道義被廢弃，人們衹看見功名利祿，卻聽不到道義啊！漢武帝在民豐國富時做皇帝，光武

帝出身軍隊，他們都能極力推行儒學，使得風俗教化的淳厚，一直延續到漢靈帝、獻帝的時代。因而民間敢於直言的人，即使有殺身之禍也不後悔；那些功高震主的人，一聽到天子的命令就交出了兵權；許多割據稱霸的人互相觀望，不敢稱帝，尚且維持了數十年。儒家的教化之道竟能這樣地維系人心。現在國家適逢明君在位，你們袁州人又遇到了賢明的官長，使你們能通過學校教育來效法古人的事迹。天下太平，就講習禮樂來陶冶人民；一旦發生變亂，更應當堅持節操，做臣子的爲忠義而死，做子女的爲孝道而死，使人們有所依賴，并且有所效法。這就是朝廷立學的意旨。如果衹是靠耍弄筆墨來謀取富貴，豈但是你們大家的羞恥，也是治理國家之人的憂患。

至和元年夏某月甲子日作記。

梅堯臣

作者簡介 梅堯臣（一〇〇二—一〇六〇），北宋著名詩人。字聖俞，世稱宛陵先生。宣州宣城（今屬安徽）人。初試不第，以蔭補河南主簿。皇祐三年（一〇五一）賜同進士出身，爲太常博士。以歐陽修薦，爲國子監直講，累遷尚書都員外郎，世稱「梅直講」、「梅都官」。有《宛陵先生文集》。

梅堯臣是北宋詩文革新運動中的中堅人物之一。在詩歌創作上，很受當時文人

的推崇，與歐陽修、蘇舜欽齊名，併稱「梅歐」或「蘇梅」。他反對雕琢艷麗的西昆詩風，主張詩歌「狀難寫之景如在目前，含不盡之意見於言外」，提倡「平淡」的藝術境界。其詩「工於平淡，自成一家。」（《苕溪漁隱叢話》後集卷二十四），形成了深遠閑淡的藝術風格。

覽翠亭記

題解 梅堯臣是宋初詩壇上一名反對西昆體矯揉造作詩風的健將，其文名被詩名所掩。但我們通過此文，仍能看出作者在文章寫作方面的深厚功力。

文章先寫覽翠亭所處的地理環境，但并非實寫該城的地貌，而是透過「官局」處理政務的悠閑反映出來。接着描述登覽翠亭而欣賞到的絕妙景觀。文章至此，突然宕開一筆，由「有趣若此，樂亦由人」引發出深刻哲理：人是自然美景欣賞的主體，自然之美要用真誠的心靈去體驗。全文圍繞「樂亦由人」這一中心，層層推進，先敘事，次寫景，最後發論點題，疏密有致，水到渠成。語言雅潔，意境深遠，是一篇不可多得的游記之作。

原文 郡城非要沖，無勞送還往；官局非冗委①，無文書迫切。山商徵材，巨木腐積，區區規規②，襲不爲宴處久矣③。始是，太守邵公於後園池旁作亭，春日

使州民游遨，予命之曰「共樂」。其後別乘黃君於靈濟崖上作亭會飲④，予命之曰「重梅」。今節度推官李君亦於廨舍南城頭作亭⑤，以覽山川，以集嘉賓，予命之曰「覽翠」。夫臨高遠視，心意之快也。晴澄雨昏，峰嶺之態也。心意快而笑歌發，峰嶺明而氣象歸。其近則草樹之煙綿，溪水之澄鮮，禦鱗翩來，的的有光⑥，掃黛侍側⑦，嫵嫵髮秀，有趣若此，樂亦由人。何則？景雖常在，人不常暇，暇不計其事簡，計其善決；樂不計其得時，計其善適。能處是而覽者，豈不暇不適者哉？吾不信也。

注釋 ①冗委：繁忙，累積很多事情要做。②區區：少，小。規規：淺陋，拘泥。③襲：因襲，縷承。④別乘：別駕，指地方副職。⑤節度推官：幕職官，從八品。在節度使下掌管勘問刑獄。廨：官舍，官署。⑥的的：清楚顯見。⑦掃黛：畫眉，代指女子。這裏比喻美麗的山色。

譯文 郡城所在之地不是交通要道，所以沒有很多的送往迎來；官衙內也沒有繁多的委命，不必急於趕寫公文。商人徵積木材，大量的木材因積壓而腐爛，這淺陋狹小之地，沒有作爲游樂宴會的場所已經沿襲很久了。開始的時候，太守邵公在後園池子旁修起了一座小亭子，春暖花開時讓州民盡情游覽，我把它命名爲「共樂亭」。稍後別乘黃君又在靈濟崖上修建了一座亭子，在上面飲酒會友，我叫它「重梅亭」。現在節度推官李君也在官署南邊的城頭建造亭臺，以便游覽山

川，會聚好友嘉賓，我給它取名爲「覽翠亭」。登上亭子，縱目遠望，心情爽適愉快。陽光朗照時空明澄澈；下雨時迷濛昏暗，雲氣籠罩，是自然美景呈現在人們視野中的意態。心情愉快，禁不住笑語歡歌，山嶺明靜空靈，萬千氣象盡收眼底。近看，芳草如茵，樹木葱蘢，連綿如煙；溪水澄鮮，清澈得可以看到魚兒成群結隊的游來游去，在水中泛起點點鱗光；又有美麗的女子在旁邊侍候，秀髮翩翩，嫵媚動人，宴婉相伴，有趣如此，歡樂無限，情由境生，其樂由人。留連於山水美景之間，怡情養性，獲得這樣的樂趣，完全取決於我們自身。爲什麽呢？山水美景雖然常在，但人并不一有時間去觀賞。閑暇并不在於事務少，而在於處理事情要幹練果斷；欣賞山水之樂并不在於是否得時，而在於心境是否曠達自如。如果這樣去游覽山川，難道還會沒有閑暇、沒有舒暢嗎？我不相信。

劉敞

作者簡介 劉敞（一〇一九—一〇六八），字原父，世稱公是先生。臨江新喻（今屬江西）人。宋仁宗慶曆六年（一〇四六）進士，官至集賢殿學士、判南京御史臺，擢知制誥。長於春秋學，爲文敏贍。著有《公是集》、《七經小傳》、《春秋權衡》等。

說犬馬

題解 文章圍繞「犬馬」一詞，展開忠奸之辨。從臣子自稱「犬馬」說起，先說犬馬之「賤」，繼而指出「治國守道之臣」和「亂國偷容之臣」以「犬馬」自喻都不恰當。接着又從另一角度描述犬馬的吃苦耐勞和忠誠不貳，認爲其品質足以與任勞任怨、不計寵辱的忠勇之士媲美。最後，以鋒利之筆層層遞進地說明「亂世偷容之臣」不如犬馬，辭旨嚴正，條理井然。語言平易暢達，巧譬妙喻，說理形象，具有很強的諷刺力量。

原文 由漢以來，苟進言於天子，無不以犬馬自予者。嗚呼，犬馬之賤誠若是甚矣！夫治國守道之臣，進以義，退以禮，而犬馬之說不已貶乎？使夫亂國偷容之臣，進以利，退以刑，而犬馬之說不僭乎①？

今夫犬之爲人用也，不過受一器之食，然而外則有獲獸之效，內則有禦寇之猛，斯可謂適其材矣。今夫馬之爲人用也，不過盡一鈞之芻②，然而外則有兵戰之捷，內則有馳獵之奉，斯可謂適其材矣。故功著而利不益，身勤而事不害。如雖廉能之士，盡瘁不貳③，何有能過焉。

若夫亂世偷容之臣，享五鼎④，祿萬鍾⑤，非特一器之食也；高堂華宇，寵章美服⑥，非特一鈞之芻也；挾虛譽而邀利，竊主權以移國；外之無獲獸之效，內之無禦寇之猛者，世不可勝紀也。所謂功薄而罪尤，身利而事害。如此何以自比犬馬耶！且吾聞賊臣之喪國矣，未聞犬馬之亂世也。誠使桓、靈、惠、懷之君⑦，其左右前後盡若犬馬也，則天下何喪焉？故吾以謂亂國之臣，其不若犬馬，未可以爲比也。用貴擬賤之謂讓，用賤擬貴之謂僭。然而以彼亂國之臣而比犬馬，吾見其僭，不見其讓也。

注釋 ①僭：超越本分。古代指地位在下的冒用在上的名義、禮儀或器物。②鈞：古代的重量單位，一鈞合三十斤。芻：草料。③不貳：忠貞，不變節。④五鼎：古代行祭禮時，大夫用五個鼎盛祭品，後來用五鼎形容貴族官僚生活的奢侈。⑤祿萬鐘：享受豐厚的俸祿。鐘，中國古代計量單位，容納六斛四斗。⑥寵章：封建時代表示高官顯爵的禮服。古代以圖文爲等級標志的禮服稱章服。⑦桓、靈、惠、懷：指漢桓帝劉志、漢靈帝劉宏、晉惠帝司馬衷、晉懷帝司馬熾，都是昏庸無道的君主。

譯文 從漢代以來，臣子們如果向天子進言，沒有不拿犬馬稱呼自己的。唉，犬馬的卑賤確實到了這樣的過分的程度了。那治理國家堅持正道的大臣，進取是依據道義，退避是爲了禮讓，犬馬的稱呼對於他們不是太貶損了嗎？假如是那些禍亂國家、苟且偷生的大臣，進取是依據私利，退避是由於刑罰，那麼犬馬的稱呼對於他們不是又過於高看了嗎？

那狗供人使用，衹不過享受了人的一器皿食物，然而它在外面有捕獲野獸的功用，在家裏有抵御賊寇的猛威，這可以說盡到它的才能了。那馬供人使用，衹不過吃掉了幾十斤草料，然而它在外面能取得作戰的勝利，在家裏有奔馳打獵的奉獻，這也可以說盡到它的才能了。所以，功績顯著，而本身得利沒有增加，身體勞苦，而對事情沒有損害，即使是廉潔能幹的人鞠躬盡瘁，忠心不貳，又哪能超過它們呢？

至於那搞亂社會、苟且偷生的大臣，他們享用五鼎之食，有萬鐘的俸祿，而不僅僅是一器皿的食物；高大的殿堂、華麗屋宇，榮耀的章服、華美的衣着，而不僅僅幾十斤的草料；倚仗虛名而謀取私利，竊取君主的權利來篡奪國政；在外沒有捕獲野獸的功用，在內沒有抵御賊寇的勇猛，這樣的臣子世上多得無法計算。這就是人們所說的功勞微薄而罪過昭著，自身受利而公事受害，像這樣的人憑什麼自比犬馬呢？況且我聽說過賊子奸臣滅亡國家，沒聽說犬馬搞亂天下的。當眞讓漢桓帝、漢靈帝、晉惠帝、晉懷帝那樣的君主，左右前後的大臣都如同犬馬，那麼他們的天下怎會喪失呢？所以我認爲禍亂國家的大臣，他們還不如犬馬，是不可以拿犬馬來自比的。以尊貴的身份自比卑賤叫作謙讓，以卑賤的身份自比尊貴叫作僭越。這樣說來，以他們禍亂國家的臣子的身份而自比犬馬，我衹看見他們僭越，看不出他們謙讓啊！

司馬光

作者簡介　司馬光（一〇一九—一〇八六），宋代著名政治家、史學家。字君實，陝州夏縣（今山西夏縣）人，世稱涑水先生。宋仁宗寶元元年（一〇三八）進士。歷知諫院、翰林學士。因反對王安石變法，仕途上幾經起落。後退居洛陽，主編《資治通鑒》。卒贈太師、溫國公。謚文正。著有《司馬文正公集》等。

《資治通鑒》是我國歷史上第一部編年體通史。記事上起周威烈王二十三年（前四〇三），下迄後周世宗顯德六年（九五九），共一千三百六十餘年，凡二百九十四卷。它繼承先秦兩漢史學的優秀傳統，取材於宋以前歷代官修的正史，還廣采大量野史、傳狀、文集、譜錄的有關資料。同時也頗重文采，不僅具有很高的史學價值，還具有相當高的文學價值。正如《四庫全書總目》所說：「其書網羅宏富，體大思精，為前古文所未有。而名物訓詁，浩博奥衍，亦非淺學所能通。」

訓儉示康①

題解　這是一篇有名的家訓，是作者為其子司馬康而寫。文章緊緊圍繞「成由儉，敗由奢」的古訓，結合自己的生活經歷和切身體驗，旁徵博引，詳細闡發了「以儉素為美」的原則，對兒子進行了耐心細緻、深入淺出的教誨。感情真切，語重心長。這種思想在當時封建官僚階級造成的奢靡的流俗中，無疑具有巨大進步意義。即使在今天，也具有現實的積極意義。

原文　吾本寒家②，世以清白相承。吾性不喜華靡，自為乳兒，長者加以金銀華美之服，輒羞赧棄去之③。二十忝科名④，聞喜宴獨不戴花⑤。同年曰⑥：「君賜不可違也。」乃簪一花。平生衣取蔽寒，食取充腹，亦不敢服垢弊以矯俗幹名⑦，但順吾性而已。

眾人皆以奢靡為榮，吾心獨以儉素為美。人皆嗤吾固陋⑧，吾不以為病。應之曰：「孔子稱『與其不遜也寧固⑨。』又曰『以約失之者鮮矣⑩。』又曰『士志於道，而恥惡衣惡食者，未足與議也⑪。』古人以儉為美德，今人乃以儉相詬病⑫。嘻，异哉！」

近歲風俗尤為侈靡。走卒類士服，農夫躡絲履⑬。吾記天聖中⑭，先公為群牧判官⑮，客至未嘗不置酒，或三行、五行⑯，多不過七行。酒酤於市⑰，果止於梨、栗、棗、柹之類，肴止於脯、醢、菜羹⑱，器用　漆。當時士大夫家皆然，人不相非也。會數而禮勤，物薄而情厚。近日士大夫家，酒非內法⑲，果、肴非遠方珍异，食非多品，器皿非滿案，不敢會賓友，常數月營聚，然後敢發書。苟或不然，人爭非之，以爲鄙吝。故不隨俗靡者蓋鮮矣。嗟乎！風俗頹弊如是，居位者雖不能禁，忍助之乎！

又聞昔李文靖公爲相⑳，治居第於封丘門內㉑，廳事前僅容旋馬。或言其太隘，公笑曰：「居第當傳子孫，此爲宰相廳事誠隘，爲太祝、奉禮廳事已寬矣㉒。」參政魯公爲諫官㉓，真宗遣使急召之，得於酒家。既入，問其所來，以實對。上曰：「卿爲清望官，奈何飲於酒肆？」對曰：「臣家貧，客至無器皿、肴、果，故就酒家觴之㉔。」上以無隱，益重之。張文節爲相㉕，自奉養如爲河陽掌書記時㉖，所親或規之曰：「公今受俸不少，而自奉若此。公雖自信清約，外人頗有公孫布被之譏㉗。公宜少從眾。」公嘆曰：「吾今日之俸，雖舉家錦衣玉食，何患不能？顧人之常情，由儉入奢易，由奢入儉難。吾今日之俸，豈能常存？一旦异於今日，家人習奢已久，不能頓儉，必致失所。豈若吾居位、去位、身存、身亡，常如一日乎？」嗚呼！大賢之深謀遠慮，豈庸人所及哉！

御孫曰：「儉，德之共也；侈，惡之大也㉘。」共，同也，言有德者皆由儉來也。夫儉則寡欲。君子寡欲，則不役於物，可以直道而行；小人寡欲，則能謹身節用、遠罪豐家。故曰：「儉，德之共也。」侈則多欲。君子多欲則貪慕富貴，枉道速禍㉙；小人多欲則多求妄用，敗家喪身；是以居官必賄，居鄉必盜。故曰：「侈，惡之大也。」

昔正考父饘粥以糊口㉚，孟僖子知其後必有達人㉛。季文子相三君㉜，妾不衣帛，馬不食粟，君子以爲忠。管仲鏤簋朱紘㉝，山楶藻梲㉞，孔子鄙其小器。公叔文子享衛靈公，史鰌知其及禍；及戌，果以富得罪出亡㉟。何曾日食萬錢㊱，至孫以驕溢傾家。石崇以奢靡誇人，卒以此死東市㊲。近世寇萊公豪侈冠一時㊳，然以功業大，人莫之非，子孫習其家風，今多窮困。

其餘以儉立名，以侈自敗者多矣，不可遍數，聊舉數人以訓汝。汝非徒身當服行㊴，當以訓汝子孫，使知前輩之風俗云。

注釋 ①訓：訓誡，教誨。示：給……看。康：司光康，司馬光之子，字公休，從小嚴謹聰明、博通古書，曾任校書郎、著作佐郎兼侍講，爲人廉潔，口不言財。②寒家：寒微的家庭。③羞赧：害羞，臉紅。④忝：辱，有愧於，常用作謙辭。⑤聞喜宴：唐制，進士放榜，釀錢宴樂於曲江亭，稱曲江宴，亦稱聞喜宴。宋太宗端拱元年定由朝廷置宴，皇帝及大臣賜詩以示寵异，遂爲故事。戴花：宋制，赴聞喜宴的進士都要戴花。⑥同年：科舉考試同榜考取的人，互稱「同年」。⑦矯俗：違反世俗常情。幹名：博取名聲。⑧固陋：見識淺薄，見聞不廣。⑨與其不遜也寧固：語見《論語・述而》：「子曰：『奢則不孫，儉則固。與其不孫也，寧固。』」遜，謙讓，恭敬。⑩以約失之者鮮矣：語見《論語・里仁》。鮮，少。⑪「士志於道」三句：語見《論語・里仁》。⑫訴病：指出他人過失而加非議、辱罵。⑬躡：穿。絲履：絲織的鞋子。⑭天聖：宋仁宗年號（一〇二三—一〇三二）。⑮先公：稱死去的父親。這裏指司馬光的父親司馬池。群牧判官：官名。群牧司是宋代中央政府所設掌管全國公用馬匹的機構。群牧司的最高長官是群牧使，判官的地位略低於群牧副使。⑯行：量詞。這裏指飲酒時主人勸飲斟酒，一次爲一行。⑰酤：買酒。⑱脯：肉乾。醢：用肉、魚等制成的醬。⑲內法：宮廷中釀酒的秘法。⑳李文靖公：即李沆，字太初。宋眞宗時官至宰相，死後謚文靖。㉑封丘門：宋代汴京（今河南開封）城門。㉒太祝、奉禮：指太祝、奉禮郎，掌管宗廟禮儀的官職。屬太常寺，多由功臣的子孫擔任。㉓參政：參知政事的簡稱，職位相當於副宰相。魯公：即魯宗道（九六六—一〇二九），字貫之，亳州（今安徽亳縣）人。宋眞宗咸平二年（九九九）進士。仁宗時拜參知政事，謚肅簡。㉔觴：酒杯，這裏用作動詞，請人喝酒。㉕張文節：即張知白，字用晦，宋滄州清池（今河北滄縣）人。宋眞宗時爲河陽（今河南洛陽）節度判官。宋仁宗初年爲宰相。死後謚文節。㉖掌書記：唐代官名，相當於宋代的判官。掌管軍政、民政。㉗公孫布被：指公孫弘，漢朝人。漢武帝時爲丞相，封平津侯。他把俸祿都供賓客花費，自己卻很儉省，用布被。但爲人陰險，所以有人說他這是在使詐。《史記・平津侯主父列傳》載：「弘爲布被，食不重肉。……汲黯曰：『弘位在三公，奉祿甚多，然爲布被，此詐也。』」㉘儉，德之共也；侈，惡之大也：見《左傳・莊公二十四年》，是御孫進諫魯莊公的話。㉙枉道：邪道。《論語・微子》：「枉道而事人，何必去父母之邦？」㉚正考父：春秋時宋國大夫，孔丘的祖先。輔佐戴、武、宣三公，地位愈高行爲愈檢點。饘粥：稠粥。㉛孟僖子：春秋時魯國的大夫，名貜。㉜季文子：季孫行父，春秋時魯國大夫，魯宣公、魯成公、魯襄公在位時，季文子都任執政，因此說他「相三君」，以忠儉著稱，「文」是其謚號。㉝管仲：春秋時杰出的政治家，齊桓公相。鏤：雕刻。簋：古代盛食物的圓形器具。朱紘：鮮艷的帽帶。紘，繫於頷下的帽帶。㉞楶：門拱，支撐大梁的方木。藻棁：繪有水藻圖案的梁上短柱。㉟「公叔」以下四句：見《左傳》定公十三年。公叔文子設筵招待衛靈公，史鰌對公叔文子說：「子必禍矣！子富而君貪，罪其及子乎？」公叔文子死後，衛靈公果然將公叔文子之子公叔戌驅逐出去，公叔戌逃往魯國。公叔文子，衛國大夫公叔發。史鰌，衛國大夫，字魚。㊱何曾：字穎考，西晉時人。晉武帝時官至太尉，生活奢侈。《晉書・何曾傳》載：「（何曾）性豪奢，務在華侈，廚膳滋味過於王者，食日萬錢，猶曰：『無下箸處。』」其子孫也都極其豪奢，至永嘉末年，何氏一族滅亡無遺。㊲「石崇以驕奢誇人」二句：《晉書・石崇傳》載：「（石崇）財產豐積，室宇宏麗。後房百數，皆曳紈繡，珥金翠。絲竹盡當時之選，庖膳窮水陸之珍。與貴戚王愷、羊琇之徒以奢靡相尚。」㊳寇萊公：即寇準。寇準（九六一—一〇二三），北宋政治家、詩人，字平仲。華州下邽（今陝西渭南）人。宋眞宗初年任宰相。後封萊國公。《宋史・寇準傳》：「準少年富貴，性豪侈，喜劇飲，每宴賓客，多闔扉脫驂。家未嘗爇油燈，雖庖匽所在，必然炬燭。」㊴非徒：不但，不僅。身：自身。服行：實行。

【譯文】我們家本來貧寒，家風淸白，世代相傳。我生性不喜歡豪華奢靡，在我還是小孩時，長輩給我戴上金銀，穿上華美的衣服，我總是害羞臉紅馬上扔掉。二十歲僥幸考中進士，聞喜宴上衹有我不戴花，同榜的人說：「花是皇上的恩賜，不能不戴。」不得已才插上一朵。平常衣服衹求御寒，食物衹求塡飽肚子，但也不敢穿又髒又破的衣服來求得糾正壞風氣的名聲。衹是順着我自己的本性罷了。

衆人都以奢侈浪費爲榮耀，而我心裏面衹以節儉樸素爲美德。人們譏笑我保守簡陋，我卻不認爲這是什麼毛病。我回答他們說：「孔子說：『與其放縱越禮，寧可簡陋寒愴。』又說：『因爲節儉謹愼而犯過失的人很少。』還說：『讀書人以求道行道爲志向，如果以穿粗布衣、吃粗糙的飯菜爲恥，那就不值得跟他談論聖賢之道了。』古人把節儉作爲美德，現在的人卻因節儉而互相譏議。唉！眞是奇怪呀！」

近年來社會風氣尤其奢侈靡爛，當差的穿得像讀書人，農夫也穿上了絲鞋。我記得天聖年間，先父做群牧司判官時，客人來訪也都備酒招待，有時敬三輪酒，有時五輪，最多不超過七輪。酒是從市場上買的，果品衹有梨、栗子、棗、柿子之類，菜肴也衹有幹肉、肉醬、羹湯，器皿用的是瓷器和漆器。當時一般士大夫人家都是這樣，人們也不會互相譏笑非議。那時聚會的次數多而禮節依舊周到，食物雖然簡單而感情深厚。近來做官的人家，如果沒有官家釀造的好酒，來自遠方的奇珍异味，食物品種樣式不夠多，器皿不夠琳琅滿目，就不敢約會招待客人；常常要籌備幾個月，才敢發請貼。如果不這樣做，人們就爭着非議他，認爲他太吝嗇。因此不被世俗風氣感染的人大概是很少的了。唉！風氣敗壞得這樣，居高位有權勢的人縱然不能禁止，難道忍心助長它嗎？

我又聽說從前李文靖公作宰相時，在封丘門內修建住宅，廳堂前面僅能容納一匹馬轉身。有人說它太狹窄，文靖公笑笑說：「住宅是要傳給子孫的，這屋子作宰相的廳堂確實嫌窄，但作太祝奉禮郎的廳堂已經寬敞了。」參知政事魯公當諫官時，眞宗派人緊急召見他，使者卻在酒館裏找到他。進了宮，皇上問他從何處而來，他照實回答。皇上說：「你身爲衆人仰望的諫官，怎麼在酒店裏喝酒呢？」他回答說：「臣因爲家裏窮，來了客人，沒有器皿、菜肴和果品，所以到酒店去請客。」皇上因爲他不隱瞞，更加敬重他。張文節做宰相時，生活還跟在河陽做掌書記時一樣，親友有人勸他說：「您現在的俸祿不少，卻過得這樣清苦，您雖然自信是清廉儉約，可是外面有譏笑您沽名釣譽，跟漢朝宰相公孫弘蓋粗布被一樣呢！您應該稍微隨俗一些。」文節公嘆着氣說：「我今天的俸祿，要全家穿好吃好，還能辦不到？衹是一般人的常情，從節儉到奢侈容易，從奢侈回到節儉困難。

我現在的俸祿哪能永久呢？一旦有了變化，家人奢侈慣了，不能馬上回復節儉，勢必不知所措。哪比得上我做官、不做官，活着、死了，家人的生活都不改變呢？」唉！大賢之人想得深、看得遠，哪是一般人比得上的呢？

御孫說：「節儉，是一切德行的共同根源；奢侈，是邪惡中的大惡。」共，是同的意思，是說有良好德行的人都是從節儉做起。節儉就能欲望少。有地位的人欲望少，就不會被外物所迷惑，就可以依正道行事；普通老百姓欲望少，就能約束自己，節約用度，避免犯罪，使家庭富裕起來。所以說：「節儉，是一切德行的共同根源。」奢侈的人則欲望多。有地位的人欲望多，就會貪戀富貴，不依正道而行，招致禍患；普通老百姓欲望多，就會多方營求，任意揮霍浪費，甚至家破人亡。因此，做官一定會貪贓受賄，做老百姓的一定會做盜賊。所以說：「奢侈，是邪惡中的大惡。」

從前正考父吃稀飯過日子，孟僖子預料他一定有賢達的後代。季文子做過三個君王的宰相，姬妾不穿綾羅綢緞，馬不吃粟米，君子說他盡忠。管仲用雕花器皿，佩紅色帽帶，住宅彩繪華麗，雕梁畫棟，孔子輕視他器量狹小。公叔文子宴請衛靈公，史鰌知道他將招來災禍。等到他兒子戍，果然因爲豪驕奢侈而獲罪，逃亡外國。晉時何曾每日花一萬貫錢的食費，到了曾孫那一代終因浪費過度而傾家蕩產。石崇以豪富奢侈誇飾於人，最終死於刑場。近代寇萊公是當代最富有奢侈的，但因爲功業太大，沒有人敢批評他，祇是其子孫習慣了這種家風，現在大多已經很窮困了。

其他因爲節儉而得美名，因爲奢侈而招致失敗的例子太多了，不能一一列舉，姑且舉幾個人來告誡你。你不僅要身體力行，更應當告誡你的後代，讓他們知道前輩的風俗。

赤壁之戰①

題解 赤壁之戰發生於漢獻帝建安十三年（二〇八），它是決定魏、蜀、吴三分天下政局的一仗。

本文生動地記敘了這次著名戰役的全過程，其中涉及孫權、劉備、曹操三個方面和眾多人物和事件，史實複雜，頭緒繁多。但作者卻寫得條理清楚，繁簡適當。文章對於孫劉聯合抗曹的交戰過程着墨不多，而是重點寫出了戰前的形勢和準備情況，生動形象地表現了魯肅、諸葛亮、周瑜三人的政治遠見和性格特徵。如魯肅的深謀遠慮，忠心耿耿；諸葛亮的靈活機智，善於辭令；周瑜的智勇雙全，敢說敢幹，都通過人物的對話生動形象地表現出來。

原文 初，魯肅聞劉表卒②，言於孫權曰③：「荆州與國鄰接④，江山險固，沃野萬里，士民殷富，若據而有之，此帝王之資也。今劉表新亡，二子不協⑤，軍中諸將，各有彼此。劉備天下梟雄⑥，與操有隙，寄寓於表，表惡其能而不能用也。若備與彼協心，上下齊同，則宜撫安，與結盟好；如有離違，宜別圖之，以濟大事。肅請得奉命弔表二子，并慰勞其軍中用事者，及說備使撫表衆，同心一意，共治曹操，備必喜而從命。如其克諧⑦，天下可定也。今不速往，恐爲操所先。」權卽遣肅行。

到夏口⑧，聞操已向荆州，晨夜兼道，比至南郡⑨，而琮已降，備南走，肅徑迎之，與備會於當陽長坂⑩。肅宣權旨，論天下事勢，致殷勤之意，且問備曰：「豫州今欲何至？」備曰：「與蒼梧太守吳巨有舊⑪，欲往投之。」肅曰：「孫討虜聰明仁惠⑫，敬賢禮士，江表英豪，鹹歸附之，已據有六郡，兵精糧多，足以立事。今爲君計，莫若遣腹心自結於東，以共濟世業。而欲投吳巨，巨是凡人，偏在遠郡，行將爲人所并，豈足托乎！」備甚悅。肅又謂諸葛亮曰：「我，子瑜友也。」卽共定交。子瑜者，亮兄瑾也，避亂江東，爲孫權長史⑬。備用肅計，進住鄂縣之樊口⑭。

曹操自江陵將順江東下⑮。諸葛亮謂劉備曰：「事急矣，請奉命求救於孫將軍。」遂與魯肅俱詣孫權。亮見權於柴桑⑯，說權曰：「海內大亂，將軍起兵江東，劉豫州收衆漢南⑰，與曹操并爭天下。今操芟夷大難⑱，略已平矣，遂破荆州，威震四海。英雄無用武之地，故豫州遁逃至此，願將軍量力而處之。若能以吳、

越之衆與中國抗衡⑲，不如早與之絶；若不能，何不按兵束甲，北面而事之！今將軍外托服從之名，而內懷猶豫之計，事急而不斷，禍至無日矣。」權曰：「苟如君言，劉豫州何不遂事之乎！」亮曰：「田橫⑳，齊之壯士耳，猶守義不辱；況劉豫州王室之胄㉑，英才蓋世，衆士慕仰，若水之歸海！若事之不濟，此乃天也，安能抗此難乎！」權勃然曰：「吾不能舉全吳之地，十萬之衆，受制於人。吾計決矣！非劉豫州莫可以當曹操者；然豫州新敗之後，安能抗此難乎！」亮曰：「豫州軍雖敗於長坂，今戰士還者及關羽水軍精甲萬人，劉琦合江夏戰士亦不下萬人。曹操之衆，遠來疲敝，聞追豫州，輕騎一日一夜行三百餘裏，此所謂『強弩之末勢不能穿魯縞』者也㉒。故《兵法》忌之，曰『必蹶上將軍㉓』。且北方之人，不習水戰；又，荆州之民附操者，逼近勢耳，非心服也。今將軍誠能命猛將統兵數萬，與豫州協規同力，破操軍必矣。操軍破，必北還；如此，則荆、吳之勢強，鼎足之形成矣㉔。成敗之機，在於今日！」權大悅，與其群下謀之。

是時，曹操遺權書曰：「近者奉辭伐罪，旌麾南指㉕，劉琮束手。今治水軍八十萬衆，方與將軍會獵於吳㉖。」權以示群下，莫不響震失色。長史張昭等曰：「曹公，豺虎也，挾天子以征四方，動以朝廷爲辭；今日拒之，事更不順。且將

軍大勢可以拒操者，長江也。今操得荆州，奄有其地[27]，劉表治水軍，蒙沖鬥艦乃以千數[28]，操悉浮以沿江，兼有步兵，水陸俱下，此爲長江之險已與我共之矣，而勢力衆寡又不可論。愚謂大計不如迎之。」魯肅獨不言。權起更衣[29]，肅追於宇下。權知其意，執肅手曰：「卿欲何言？」肅曰：「向察衆人之議，專欲誤將軍，不足與圖大事。今肅可迎操耳，如將軍不可也。何以言之？今肅迎操，操當以肅還付鄉黨[30]，品其名位，猶不失下曹從事[31]，乘犢車[32]，從吏卒，交游士林，累官故不失州郡也。將軍迎操，欲安所歸乎？願早定大計，莫用衆人之議也！」權嘆息曰：「諸人持議，甚失孤望。今卿廓開大計[33]，正與孤同。」

時周瑜受使至番陽[34]，肅勸權召瑜還。瑜至，謂權曰：「操雖託名漢相，其實漢賊也。將軍以神武雄才，兼仗父兄之烈[35]，割據江東，地方數千里，兵精足用，英雄樂業，當橫行天下，爲漢家除殘去穢；況操自送死，而可迎之邪？請爲將軍籌之：今北土未平，馬超、韓遂尚在關西[36]，爲操後患；而操舍鞍馬，杖舟楫，與吳、越爭衡；今又盛寒，馬無槁草[37]，驅中國士衆遠涉江湖之間，不習水土，必生疾病。此數者用兵之患也，而操皆冒行之。將軍禽操[38]，宜在今日。瑜請得精兵數萬人，進住夏口[39]，保爲將軍破之！」權曰：「老賊欲廢漢自立久矣，徒忌二袁[40]、呂布、劉表與孤耳；今數雄已滅，惟孤尚存。孤與老賊勢不兩立，君言當擊，甚與孤合，此天以君授孤也。」因拔刀斫前奏案曰[41]：「諸將吏敢複有言當迎操者，與此案同！」乃罷會。

是夜，瑜複見權曰：「諸人徒見操書言水步八十萬而各恐懾，不復料其虛實，便開此議，甚無謂也。今以實校之[42]：彼所將中國人不過十五六萬，且已久疲；所得表衆亦極七八萬耳，尚懷狐疑。夫以疲病之卒禦狐疑之衆，衆數雖多，甚未足畏。瑜得精兵五萬，自足制之，願將軍勿慮！」權撫其背曰：「公瑾[43]，卿言至此，甚合孤心。子布、元表諸人[44]，各顧妻子，挾持私慮，深失所望；獨卿與子敬與孤同耳[45]，此天以卿二人贊孤也。五萬兵難卒合，已選三萬人，船糧戰具俱辦。卿與子敬、程公便在前發，孤當續發人衆，多載資糧，爲卿後援。卿能辦之者誠決，邂逅不如意[46]，便還就孤，孤當與孟德決之。」遂以周瑜、程普爲左右督，將兵與備并力逆操；以魯肅爲贊軍校尉，助畫方略。

劉備在樊口[47]，日遣邏吏於水次候望權軍。吏望見瑜船，馳往白備，備遣人慰勞之。瑜曰：「有軍任，不可得委署；儻能屈威，誠副其所望。」備乃乘單舸往見瑜問曰[48]：「今拒曹公，深爲得計。戰卒有幾？」瑜曰：「三萬人。」備

曰：「恨少。」瑜曰：「此自足用，豫州但觀瑜破之。」備欲呼魯肅等共會語，瑜曰：「受命不得妄委署。若欲見子敬，可別過之。」備深愧喜。

進，與操遇於赤壁。時操軍衆已有疾疫，初一交戰，操軍不利，引次江北。瑜等在南岸，瑜部將黃蓋曰：「今寇衆我寡，難與持久。操軍方連船艦，首尾相接，可燒而走也。」乃取蒙沖鬥艦十艘，載燥荻、枯柴，灌油其中，裹以帷幕，上建旌旗，預備走舸，繫於其尾。先以書遺操，詐云欲降。時東南風急，蓋以十艦最著前，中江舉帆，餘船以次俱進。操軍吏士皆出營立觀，指言蓋降。去北軍二里餘，同時發火，火烈風猛，船往如箭，燒盡北船，延及岸上營落。頃之，煙炎張天，人馬燒溺死者甚衆。瑜等率輕鋭繼其後，雷鼓大進，北軍大壞。操引軍從華容道步走㊾，遇泥濘，道不通，天又大風，悉使羸兵負草塡之㊿，騎乃得過。羸兵爲人馬所蹈藉，陷泥中，死者甚衆。劉備、周瑜水陸幷進，追操至南郡。時操軍兼以饑疫，死者太半。操乃留征南將軍曹仁、橫野將軍徐晃守江陵，折沖將軍樂進守襄陽[51]，引軍北還。

注釋 ①本篇節選自《資治通鑑》卷六十五《漢紀》。獻帝建安十三年（二〇八），記東吳與蜀聯合抗曹，取得赤壁之戰勝利的一段史實。②魯肅：字子敬，孫權的謀士。劉表：字景升，東漢高平（今山西高平）人，獻帝時爲荆州刺史，後又爲鎮南將軍，荆州牧。③孫權（一八二—二五二）：字仲謀，三國時期吳國的開國皇帝。④荆州：古代九州之一，漢時荆州領南陽、南郡、江夏、零陵、桂陽、長沙、武陵等七郡，今湖北省中南部。⑤二子不協：指劉表的兩個兒子劉琦和劉琮相互爭權，不和睦。⑥梟雄：驍悍雄杰之人。梟，一種凶猛的鳥。⑦克諧：能夠成功。克，能。諧，和諧，有圓滿、順利的意思。⑧夏口：今湖北省武漢市。⑨南郡：在今湖北江陵縣境內。⑩當陽：今湖北省當陽縣。長坂：在今當陽縣東北。⑪蒼梧：郡名，今廣西蒼梧縣。⑫孫討虜：即孫權。⑬長史：官名。秦置。西漢時丞相、太尉、御史大夫屬官均設長史，後歷代相沿。⑭鄂縣：今湖北鄂城。樊口：在今湖北鄂城縣西北。⑮江陵：今湖北江陵。⑯柴桑：今江西九江縣西。⑰劉豫州：即劉備，時任豫州牧。漢南：漢水以南地區。⑱芟夷：鏟除，削平。⑲吳、越：指孫權占據的江南地區。中國：指曹操控制的中原地區。⑳田横：秦末人，曾自立爲齊王。劉邦稱帝後，他帶領五百人逃居海島。公元前二〇二年，他不願降漢，被迫往洛陽，守義屈而自殺，其部下五百壯士也都自殺殉節。㉑胄：帝王或貴族的子孫。㉒魯縞：山東曲阜等地産的絲織品，以輕而薄出名。此處比喻曹操軍事力量已盡，不足畏懼。㉓蹶：跌倒。㉔鼎足之形：古時鼎爲三足，這裏比喻曹操、孫權、劉備三方勢均力敵的并峙局面。㉕旌麾：軍旗，這裏指軍隊。㉖會獵：原指會合打獵較量勝負，這裏指決戰。㉗奄：完全占有。㉘蒙冲：古代戰船名。以生牛皮蒙船覆背，兩廂開掣棹孔，左右有弩窗、矛穴。門艦：古代一種大型戰船。㉙更衣：避諱語。指去廁所。㉚鄉黨：同鄉的人。㉛下曹從事：漢代州、郡屬吏中地位最低者。㉜犢車：牛車。犢，小牛。㉝廓開：闡明，展現。㉞番陽：即鄱陽，今江西省波陽縣。㉟父兄之烈：指孫權的父親孫堅和兄長孫策，他們都是東吳政權的開創者。㊱關西：指函谷關以西，今陝西、甘肅地區。㊲槁草：草料。㊳禽：同「擒」。㊴夏口：今湖北武昌。㊵二袁：指袁紹、袁術。㊶奏案：批閱文書的几案。㊷校：考校，核對。㊸公瑾：周瑜的字。㊹子布：張昭的字。元表：東吳大臣秦松的字。胡三省注：「秦松，字文表，『元』恐當作『文』。」㊺子敬：魯肅的字。㊻邂逅：不期而遇。㊼樊口：今湖北鄂城。㊽舸：小船。㊾華容：在今湖北省監利縣境。㊿羸兵：疲弱的兵。51襄陽：今湖北襄陽。

譯文 起初，魯肅聽説劉表已死，便對孫權説：「荆州與吳國鄰接，江山險要堅固，土地肥沃，人民生活富足，如果占據了荆州，這是開創帝王事業的基礎啊。現在劉表剛死，他的兩個兒子不和，不能團結合作。軍隊中的將領，有的擁戴劉琦，有的擁戴劉琮。劉備是天下杰出的英雄，與曹操有仇，寄居在劉表那裏，劉表妒忌他的才能而不重用他。如果劉備和劉表的部下們同心協力，上下一致，就應當安撫他們，與他們結盟；如果他們離心離德，就另作打算，以成就大事。請讓我奉命去慰問劉表的兩個兒子，同時慰勞軍中掌權的人物，并勸説劉備安撫劉表的部下，同心一意，共同對付曹操，劉備必定高興而聽從我們的意見。如果這件事能夠成功，天下大勢就可以定了。現在如果不趕快前去，恐怕就被曹操搶占了先機。」孫權立即派魯肅前往。

魯肅到達夏口，聽說曹操已向荊州進發，於是日夜兼程，到達南郡時，劉琮已經投降曹操，劉備向南撤退。魯肅直接去迎接他，與劉備在當陽縣長坂坡會合。魯肅轉達孫權的旨意，探討天下大事，表達了懇切慰問的心意，并且問劉備說：「劉豫州現在打算到哪裏去？」劉備說：「我和蒼梧太守吳巨有交情，打算去投奔他。」魯肅說：「孫討虜爲人聰明仁惠，敬重、禮待賢士，江南的英雄豪杰都依附他。他現在已經占據了六個郡，兵精糧足，足夠用來成就大業。現在爲您籌劃，不如派遣親信主動去結好東吳，以共建大業。但您卻打算投奔吳巨，吳巨是個平庸的人，又在偏遠的郡地，很快就被人吞并，難道能夠依靠嗎？」劉備很高興。魯肅又對諸葛亮說：「我是子瑜的朋友。」兩個人隨即交了朋友。子瑜就是諸葛亮的哥哥諸葛瑾，當時避亂江東，是孫權的長史。劉備采納了魯肅的計謀，率兵進駐鄂縣的樊口。

曹操將要從江陵沿着長江東下，諸葛亮對劉備說：「如今事情很危急，請求您讓我奉您的命令去向孫將軍求救。」於是與魯肅一起去見孫權。諸葛亮在柴桑見到了孫權，勸孫權說：「天下大亂，將軍在江東起兵，劉豫州的漢南招收兵馬，與曹操共同爭奪天下。現在曹操消滅了北方的主要強敵，局面基本穩定，接着南下攻破荊州，威勢震動天下。在曹軍面前，英雄沒有施展本領的地方，所以劉備逃遁到這裏。希望將軍估量自己的實力來應付這個局面！如果將軍能用江東的兵力同占據中原的曹操對抗，不如趁早同他絕裂；如果不能，爲什麼不放下武器，捆起鎧甲，向曹操北面稱臣呢？現在將軍外表上假托服從之名，而內心猶豫不決，局勢危急而不能決斷，大禍就要臨頭。」孫權說：「如果像你所說，劉備爲什麼不向曹操投降呢？」諸葛亮說：「古代的田橫，不過是齊國的一個壯士，還能恪守節義不受屈辱。何況劉備是漢王室的後代，才智出衆，衆人都敬仰、傾慕他，就象水歸大海一樣。如果事情不成功，衹能說是天意，怎能再居於其下呢？」孫權勃然大怒，說：「我不能拿全東吳的土地和十萬將士的生命來受人控制，我的主意已定！除了劉備就沒有能配合我抵擋曹操的人；可是劉備在剛打敗仗之後，怎能對付這樣的大敵呢？」諸葛亮說：「劉備的軍隊雖然在長坂坡打了敗仗，但現在歸隊的士兵加上關羽率領的精銳水兵還有一萬人，劉琦召集的江夏戰士也不少於一萬人。曹操的軍隊遠道而來，疲憊不堪；聽說追逐劉備的輕裝的騎兵一日一夜跑三百多裏，這就是所謂『強弓射出的箭到了射程盡頭的力量，連魯國的薄絹也穿不透啊』，所以兵法以此爲大忌，說『勞師遠徵一定會使主帥遭到挫敗』。況且北方的士兵，不習慣在水上作戰；加上荊州依附曹操的民衆，是被他武力的威勢所逼，不是心悅誠服。現在將軍真能派猛將統領幾萬大軍，與劉備共同努力，一定能一舉擊敗曹操。曹操兵敗，勢必退回到北方；如果是這樣，荊州、吳國的勢力便會強大，三國鼎立的形勢便形成了。成敗的關鍵，就在今天！」孫權聽了非常高興，就同部下們謀劃這件事。

這時，曹操寫信給孫權說：「近來我奉皇帝命令，討伐有罪的人，軍旗指向南方，劉琮投降。

現在訓練了水軍八十萬之多，正要同將軍在東吳決一勝負。」孫權將這封信拿給部屬看，他們無不驚懼失色。長史張昭等人說：「曹操是豺狼猛虎，挾持皇帝來征討天下，動不動以朝廷的名義來發布命令，現在我們要抗拒他，事情就更顯得名不正言不順。再說將軍可以抗拒曹操的，主要憑借是長江天險。現在曹操得到荊州，占有了那裏的全部領地；荊州劉表所訓練的水軍十分精鋭，僅裝備完善的大小戰船就數以千計，曹操將這些戰船全部沿長江擺開，同時還有步兵，水陸一起進攻，這樣實際上已經同我方共同擁有長江天險了。而雙方實力的大小、強弱又不能相提并論。我們認爲最好的打算是不如迎曹公前來。」祇有魯肅沉默不語。孫權起身去廁所，魯肅追到屋檐下。孫權知道他的來意，拉着他的手說：「您要說什麼？」魯肅說：「剛才我觀察衆人的議論，祇是想貽誤將軍，不值得與他們謀劃大事。現在我魯肅可以迎順曹操，曹操一定會把我送還鄉里，按照我已有的名位，還可以做一個低級小吏，坐牛車，帶着吏卒，與士大夫們交往。然後逐漸陞官，仍然可做到州牧、郡守。將軍您迎順曹操，會得到一個什麼歸宿呢？希望將軍能早日定下大計，不要采納那些人的意見！」孫權嘆息說：「他們的議論，非常讓我失望。現在你闡明利害，正與我的想法一樣。」

當時，周瑜奉命出使到番陽，魯肅勸孫權將他召回來。周瑜回來，對孫權說：「曹操雖然在名義上是漢朝丞相，其實是漢朝的奸賊。將軍憑自己的神武才略，還倚仗父兄的功業，占據着江東，土地方圓數千里，軍隊精良，物資豐裕，英雄們都願意爲國效力，本應當橫行天下，替漢朝除去殘暴、邪惡之人。況且曹操是自來送死，怎麼可以前去迎接他呢？請允許我爲將軍謀劃這件事：現在北方還沒有平定，馬超、韓遂還在函谷關以西，是曹操的後患；而曹操的軍隊放弃鞍馬之長，倚仗他們不熟悉的船艦，在水上和長於水戰的東吳之衆較量高低；現在又天氣嚴寒，戰馬缺少草料；驅使中原的士兵遠來江水湖泊之間，這些人不服水土，一定會生病。以上這些都是用兵之忌。而曹操卻冒險犯忌而行。將軍擊潰曹操，正在今天。我請求率領幾萬精兵，進駐夏口，保證爲將軍打敗他！」孫權說：「曹操老賊早就廢除漢朝自立爲帝了，祇是顧忌袁紹、袁術、呂布、劉表與我罷了。現在這幾位雄杰已被消滅，祇有我還存在。我和老賊勢不兩立，您主張進擊，很合我的心意。這是上天將您賜給我啊。」於是拔刀砍斷面前放奏章的桌子一角，說：「衆位將領敢有再說應當迎順曹操的，就和這奏案一樣！」於是散會。

這天夜裏，周瑜又去見孫權說：「衆人祇見曹操信上說水軍、步兵八十萬而各自恐慌，不再考慮它的眞假，便提出這種迎降的主張，實在是沒有道理的。現在按實際情況核實一下，他所率領的中原軍隊不過十五六萬，而且早已疲憊不堪；所得到的劉表的軍隊最多也不過七八萬，而且這些人還多是三心二意。以疲憊的士兵來控制動搖猶豫的士卒，人數雖多，也不足以畏懼。我有精兵五萬，就足以制勝，希望將軍不必憂慮！」孫權拍着周瑜的背說：「公瑾，您說到這裏，很合我的心意。子布、元表等人祇顧妻子兒女，懷有私心，很讓我失望；祇有您和子敬的想法與我一致，這是蒼天讓你二人來幫助我啊！五萬兵馬很難以在短時間內集合起來，我已選好三萬人，船隻、糧草、武器等都已準備好了。你與子敬、程公就先出發，我會在後面繼續徵發兵員，多載物資糧草，做您的後援。您如果能有戰勝的機會，就當機立斷進行決戰；萬一戰事不利，就撤回到我這裏，我親自與曹軍決戰。」於是任命周瑜、程普爲左、右都督，率兵與劉備同力迎擊曹操，并任命魯肅爲贊軍校尉，協助籌劃作戰策略。

劉備駐扎在樊口，每天派巡邏軍吏在水邊偵察了望孫權的部隊。軍吏看到周瑜的戰船，快馬飛報劉備。劉備派人前去慰勞周瑜。周瑜說：「現在我軍務在身，不能擅離職守；倘若劉豫州能屈駕前來相見，那眞符合我的願望了。」劉備便乘船去見周瑜，并問：「現在您決定抗拒曹操，實在是很明智的決定。不知您有多少士卒？」周瑜說：「三萬人。」劉備說：「可惜太少了。」周瑜說：「這已經足夠用了，將軍衹管看我如何擊敗曹軍。」劉備想要召喚魯肅等人前來一起交談，周瑜說：「接受軍命，不得隨意委托他人參與軍機；您如果想見魯肅，可另行前往拜訪。」劉備聽了，對周瑜的處事果斷和嚴肅不苟，既覺得慚愧，又很高興。

大軍挺進，在赤壁和曹軍相遇。這時，曹操軍隊中已經有疾病蔓延，雙方剛一交戰，曹軍就失利，衹好率軍退駐到長江北岸。周瑜等人領兵駐扎在南岸，周瑜部將黃蓋說：「現在敵衆我寡，很難與他們持久對峙。曹操軍隊正好把戰船連接在一起，首尾相接，可縱火燒船擊退曹軍。」於是選

取蒙上牛皮、堅固快速的戰船十艘，裝滿乾燥的蘆葦和枯柴，裏面灌滿了油，外面用帷帳包裹，上面插上旗幟，又預備好輕快的小船，拴在戰船的後面。黃蓋先派人送信給曹操，假稱要投降。當時東南風正急，黃蓋帶着十艘戰船排在最前頭，到江心時挂起船帆，其餘船衹都依次乘風飛速前進。曹操軍中的將領、士兵都走出營房，站在那裏觀看，指指點點地說黃蓋來投降了。在距離曹操軍隊二里多遠時，各船同時點火，火勢很旺，風勢很猛，船衹往來像箭一樣，把曹操的戰船全部燒毀，火勢還蔓延到岸上的軍營。頃刻之間，烈焰冲天，曹軍人馬燒死的、淹死的人無數。周瑜等率領輕裝的精鋭水軍接應在黃蓋後面，擂鼓震天，曹軍大敗。曹操帶領軍隊從華容道步行逃跑，正遇上雨後道路泥濘，天又刮起大風，曹操就命疲弱的士兵都去背草塡路，騎兵才得以通過。那些疲弱的士兵被騎兵踐踏，陷在泥中，死了很多。劉備、周瑜率領水軍、陸軍并進，一直把曹操趕到南郡。這時，曹操的軍隊饑餓、瘟疫交加，死了一大半。曹操就留下征南將軍曹仁、橫野將軍徐晃鎭守江陵，折冲將軍樂進鎭守襄陽，自己率軍退回北方。

淝水之戰①

題解 本篇選自《資治通鑒》卷一百零五晋紀孝武帝太元八年（三八三），題目爲後人所加。淝水之戰發生在東晋孝武帝太元八年，是歷史上著名的以少勝多，以弱勝强的戰役之一。

本文以簡練生動的語言詳細地記敘了戰爭的過程，并具體地指出了雙方勝敗的因素。結構精巧，敘事周詳，簡潔生動而有條不紊。在記敘戰爭的過程中，還注意了環境氣氛的渲染和重要人物精神面貌、性格特徵的刻畫。如苻堅的剛愎自用，謝玄的謹小慎微、謝安的神態自若，尤其對謝安在強敵壓境時鎮定自若和破賊後欣喜之情的描寫，躍然紙上，向來為文學史家所稱道。

原文 太元八年秋七月②，秦王堅下詔大舉入寇，民每十丁遣一兵；其良家子年二十已下有材勇者③，皆拜羽林郎④。又曰：「其以司馬昌明爲尚書左僕射，謝安爲吏部尚書，桓沖爲侍中⑤；勢還不遠，可先爲起第。」良家子至者三萬餘騎，拜秦州主簿趙盛之爲少年都統⑥。是時，朝臣皆不欲堅行，獨慕容垂、姚萇及良家子勸之。陽平公融言於堅曰⑦：「鮮卑、羌虜，我之仇讎，常思風塵之變以逞其志，所陳策畫，何可從也！良家少年皆富饒子弟，不閑軍旅⑧，苟爲諂諛之言以會陛下之意。今陛下信而用之，輕舉大事，臣恐功既不成，仍有後患，悔無及也！」堅不聽。

八月戊午，堅遣陽平公融督張蠔、慕容垂等步騎二十五萬爲前鋒；以兗州刺史姚萇爲龍驤將軍，督益、梁州諸軍事⑨。堅謂萇曰：「昔朕以龍驤建業⑩，

未嘗輕以授人，卿其勉之！」左將軍竇沖曰：「王者無戲言，此不祥之徵也！」堅默然。

慕容楷、慕容紹言於慕容垂曰：「主上驕矜已甚，叔父建中興之業⑪，在此行也！」垂曰：「然。非汝，誰與成之！」

甲子，堅發長安，戎卒六十餘萬，騎二十七萬，旗鼓相望，前後千里。九月，堅至項城⑫，涼州之兵始達咸陽⑬，蜀、漢之兵方順流而下⑭，幽、冀之兵至於彭城⑮，東西萬里，水陸齊進，運漕萬艘。陽平公融等兵三十萬，先至潁口⑯。

詔以尚書僕射謝石爲征虜將軍、征討大都督，以徐、兗二州刺史謝玄爲前鋒都督，與輔國將軍謝琰、西中郎將桓伊等眾共八萬拒之；使龍驤將軍胡彬以水軍五千援壽陽⑰。琰，安之子也。

是時，秦兵既盛，都下震恐。謝玄入，問計於謝安，安夷然，答曰：「已別有旨。」既而寂然。玄不敢復言，乃令張玄重請。安遂命駕出游山墅，親朋畢集，與圍棋賭墅。安棋常劣於玄，是日，玄懼，便爲敵手而又不勝。安遂游陟⑱，至夜乃還。桓沖深以根本爲憂⑲，遣精銳三千入援京師；謝安固卻之，曰：「朝廷處分已定，兵甲無闕，西藩宜留以爲防⑳。」沖對佐吏嘆曰㉑：「謝安有廟堂之

量，不閑將略。今大敵垂至，方游談不暇，遣諸不經事少年拒之，衆又寡弱，天下事已可知，吾其左衽矣㉒！」

……

冬，十月，秦陽平公融等攻壽陽。癸酉，克之，執平虜將軍徐元喜等。融以其參軍河南郭褒爲淮南太守。慕容垂拔鄖城㉓。胡彬聞壽陽陷，退保硤石㉔，融進攻之。秦衛將軍梁成等帥衆五萬屯於洛澗㉕，柵淮以遏東兵。謝石、謝玄等去洛澗二十五里而軍，憚成不敢進。胡彬糧盡，潛遣使告石等曰：「今賊盛糧盡，恐不復見大軍！」秦人獲之，送於陽平公融。融馳使白堅曰：「賊少易擒，但恐逃去，宜速赴之！」堅乃留大軍於項城，引輕騎八千，兼道就融於壽陽。遣尚書朱序來說謝石等㉖，以爲：「強弱异勢，不如速降。」序私謂石等曰：「若秦百萬之衆盡至，誠難與爲敵。今乘諸軍未集，宜速擊之；若敗其前鋒，則彼已奪氣，可遂破也。」

石聞堅在壽陽，甚懼，欲不戰以老秦師。謝琰勸石從序言。十一月，謝玄遣廣陵相劉牢之帥精兵五千人趣洛澗㉗，未至十里，梁成阻澗爲陳以待之。牢之直前渡水，擊成，大破之，斬成及弋陽太守王詠㉘，又分兵斷其歸津，秦步騎崩潰，爭赴淮水，士卒死者萬五千人。執秦揚州刺史王顯等，盡收其器械軍實。於是謝石等諸軍，水陸繼進。秦王堅與陽平公融登壽陽城望之。見晉兵部陣嚴整，又望見八公山上草木㉙，皆以爲晉兵，顧謂融曰：「此亦勍敵㉚，何謂弱也！」憮然始有懼色㉛。

秦兵逼肥水而陳，晉兵不得渡。謝玄遣使謂陽平公融曰：「君懸軍深入，而置陳逼水，此乃持久之計，非欲速戰者也。若移陳少卻，使晉兵得渡，以決勝負，不亦善乎！」秦諸將皆曰：「我衆彼寡，不如遏之，使不得上，可以萬全。」堅曰：「但引兵少卻，使之半渡，我以鐵騎蹙而殺之㉜，蔑不勝矣㉝！」融亦以爲然，遂麾兵使卻㉞。秦兵遂退，不可複止。謝玄、謝琰、桓伊等引兵渡水擊之。融馳騎略陳，欲以帥退者，馬倒，爲晉兵所殺，秦兵遂潰。玄等乘勝追擊，至於青岡㉟；秦兵大敗，自相蹈藉而死者，蔽野塞川。其走者聞風聲鶴唳㊱，皆以爲晉兵且至，晝夜不敢息，草行露宿，重以饑凍，死者什七、八。初，秦兵少卻，朱序在陳後呼曰：「秦兵敗矣！」衆遂大奔。序因與張天錫、徐元喜皆來奔。獲秦王堅所乘雲母車㊲。復取壽陽，執其淮南太守郭褒。

……

謝安得驛書，知秦兵已敗，時方與客圍棋，攝書置床上㊳，了無喜色，圍棋如故。客問之，徐答曰：「小兒輩遂已破賊。」既罷，還內，過戶限㊴，不覺屐齒之折㊵。

注釋 ①淝水：源出安徽省合肥市附近，向北流經壽縣入淮河。淝水之戰即發生在壽縣的淝水之上。②太元八年：即晉孝武帝司馬曜太元八年（三八三）。③良家子：當時指出身清白、貴族地主的子弟。④羽林郎：皇帝的宿衛官。⑤侍中：侍從皇帝左右，應對顧問，相禮儀，議大政的高級官員。⑥秦州：今甘肅天水。主簿：掌管文書的官員。⑦陽平公融：苻堅的弟弟苻融，封陽平公。⑧閑：通「嫻」，熟悉的意思。⑨益：指益州，治所在今四川成都。梁州：治所在今陝西漢中。⑩昔朕以龍驤建業：苻堅是苻健北雄之子，健於公元三五二年稱帝後，任堅爲龍驤將軍。公元三五五年，健死，子生繼位，凶狠殘暴。公元三五七年，堅怒殺生，自稱帝。⑪中興之業：鮮卑的前燕爲前秦所滅，中興之業指恢復燕國。⑫項城：今河南沈丘。⑬涼州：治所在今甘肅武威。咸陽：今陝西咸陽。⑭蜀、漢：今四川中北部及陝西漢中一帶。⑮幽：幽州，治所在今北京市西南。冀：冀州，治所在今河北省冀縣。彭城：今江蘇徐州。⑯潁口：潁水流入淮河的地方，在今安徽省潁上東南的正陽關。⑰壽陽：今安徽壽縣。⑱陟：登山。⑲根本：指京師。⑳西藩：西面的邊防。桓沖時爲荊州刺史，荊州在建康的西面，所以稱西藩。㉑佐吏：藩府中的幕僚官。㉒左衽：我國古代某些少數民族的服裝，前襟向左掩，异於中原一帶的右衽。因用以指受外族的統治。㉓鄖城：今湖北省安陸縣，有鄖水流經此地。㉔硤石：山名，在今安徽省鳳臺西南。㉕洛澗：古水名，又名洛河，爲淮水支流。即今安徽淮南東淮河支流洛河。㉖朱序：字次倫，義陽（今河南信陽）人。本爲東晉襄陽太守，被迫降秦，但心懷故國，故暗中助秦，淝水之戰後歸晉。㉗廣陵：封國名，治所在今江蘇揚州。趣，同「趨」。㉘弋陽：郡名。治所在今河南光山北。㉙八公山：在今安徽壽縣北。㉚勍敵：強敵。㉛憮然：悵然失意的樣子。㉜蹙：逼迫，緊壓。㉝蔑：莫，沒有。㉞麾：指揮。㉟青岡：在今安徽壽縣西北。㊱風聲鶴唳：形容驚慌失措，或自相驚憂。唳，鶴叫聲。㊲雲母車：用雲母裝飾的車子。雲母，雲母族礦物的總稱。㊳攝書：把文書收起來，放在封套內。攝，收。㊴戶限：門檻。㊵屐齒：木屐底的齒牙。

譯文 東晉孝武帝太元八年初秋七月，秦王苻堅發布詔令，大舉進攻東晉，居民每十名壯丁派出一人當兵；良家子弟年齡在二十歲以下又有才能勇氣的，全都徵用爲羽林郎。詔令中還說：「將要要任命司馬昌明爲尚書左僕射，謝安爲吏部尚書，桓沖爲侍中；從目前形勢看，滅晉班師已經爲時不遠，可以先替他們營建宅第。」應詔前來報到的良家子弟多達三萬餘名，苻堅任命秦州主簿趙盛之擔任少年都統。此時，前秦朝中大臣都不願意苻堅伐晉，祇有慕容垂、姚萇以及良家子弟慫恿出兵。苻堅的弟弟陽平公苻融向苻堅進諫說：「慕容垂、姚萇這些鮮卑、羌族的虜臣，本來都是我們的仇敵，常想突然發生變亂，來實現復國的夙願。他們所陳奏的計策謀劃，怎麼能聽從呢！良家少年都是富豪子弟，不熟悉軍事，隨便說出阿諛奉承的言詞來迎合陛下您的心意。如今陛下聽信并且采用，輕率地實施伐晉這樣的大事，我擔心大功既不會告成，還會帶來後患，後悔也來不及了。」苻堅拒不接受。

八月初二，苻堅派遣陽平公苻融督率張蠔、慕容垂等步兵、騎兵二十五萬爲先鋒；任命兗州刺史姚萇爲龍驤將軍，指揮益州、梁州各項軍務。苻堅對姚萇說：「過去我就是憑借龍驤將軍建立帝業的，這個職銜從未輕易授予過別人，愛卿你要好好努力啊！」左將軍竇冲插話道：「帝王無戲言，這是不祥之兆啊！」苻堅默不作聲。

慕容楷、慕容紹對慕容垂說：「主上驕傲狂妄已經到了極點，叔父您建立復國大業，就在這一次了！」慕容垂回答說：「對！除去你們，還能有誰與我完成這件大事呢！」

初八這一天，苻堅兵發長安，有步兵六十多萬，騎兵二十七萬，軍旗戰鼓連接相望，前後長達數千里。九月，苻堅抵達項城，涼州兵馬才剛剛到達咸陽，蜀、漢軍隊正順長江而下。幽、冀兵馬抵達彭城，東西萬里，水陸并進，運糧船多達萬艘。陽平公苻融率領的三十萬前鋒部隊，先期到達潁口。

東晉朝廷下詔，命令尚書僕射謝石擔任征虜將軍、征討大都督，徐、兗二州刺史謝玄擔任前鋒都督，與輔國將軍謝琰、西中郎將桓伊等人的兵士共八萬人抵抗秦軍；派遣龍驤將軍胡彬率水軍五千援助壽陽。謝琰，是謝安的兒子。

這時，秦軍軍威大盛，東晉京城裏的人震驚恐懼。謝玄入朝，向謝安詢問對策，謝安顯得很平靜，回答說：「已經另有安排。」隨後便一言不發了。謝玄不敢再問，於是讓張玄第二次請示。謝安就命令備馬驅車到城外別墅出游去，一時間親朋好友會聚一堂，與謝玄下圍棋賭別墅。謝安棋藝平素低於謝玄，這天謝玄心中害怕秦兵壓境，就是不讓一個棋子也沒取勝。謝安隨後就去登山游賞，到夜晚才返回。當時任荆州刺史鎮守江陵的桓冲也十分擔憂京師的安危，派遣精兵銳卒三千人來保衛京師；謝安堅決不接納，回覆桓冲說：「朝廷部署已經確定，京城軍隊夠用，西部戰綫應當留兵加強防衛。」桓冲對僚屬嘆息道：「謝安石有做宰相的器度，卻不精通帶兵打仗。如今大敵馬上就要到來，卻還整天忙着游玩清談，委派幾個沒見過世面的毛小子抵拒秦軍，兵力又少又弱，看來天下事結局如何已見分曉了，我們恐怕要當亡國奴了吧！」

……

冬季十月，前秦陽平公苻融等人攻打壽陽。十八日占領該城，活捉了平虜將軍徐元喜等人。苻融任命手下參軍河南人郭褒爲淮陽太守。慕容垂也攻克鄖城。胡彬聞知壽陽失陷，退兵保守硤石，苻融又來進攻。前秦衛將軍梁成等人率兵五萬駐扎在洛澗，在淮水上設置柵欄等障礙物來阻止東部晉軍的部隊。謝石、謝玄等人便在距離洛澗二十五里的地方安營，由於懼怕梁成不敢挺進。胡彬糧草已盡，暗地派信使報告謝石等人說：「現在敵軍很強盛，我方糧草又斷絕了，我恐怕不能再見到大將軍了！」秦軍截獲了胡彬的信使，送到陽平公苻融帳下。苻融派人飛馬前去稟告苻堅說：「敵軍人少，容易擒獲，衹怕他們逃走，應火速圍攻他們！」苻堅於是把大軍留駐在項城，率領輕騎兵八千人，兼程趕赴壽陽與苻融會合。苻堅派遣尚書朱序前去勸說謝石等人，指出雙方力量相懸殊，不如趁早投降。朱序私下對謝石等人說：「如果秦國百萬大兵全部抵達，確實難與爲敵。現在趁各路兵馬尚未會集，應該迅速出擊。倘若擊敗對方的前鋒部隊，那麼，秦軍就已經喪失銳氣了，最終可以打敗他們。」

謝石得知苻堅在壽陽，十分害怕，想用固守不戰來拖垮秦軍。謝琰勸說謝石采納朱序的建議。

十一月，謝玄派遣廣陵相劉牢之率領精兵五千直撲洛澗，還差十里到達，梁成已經依憑山澗擺好陣勢在等待着晉兵。劉牢之一直向前開進，強渡洛水，進攻梁成，大敗秦軍，殺死了梁成以及弋陽太守王詠；又分派兵力截住秦軍撤退的渡口，致使秦軍步兵和騎兵全面崩潰，爭着跳入淮水逃命，士卒淹死的約有一萬五千人，并活捉了前秦揚州刺史王顯等人，全部繳獲了對方的器械糧草。於是謝石等各路軍隊水陸并進。秦王苻堅和陽平公苻融登上壽陽城頭察看，衹見晉軍布陣嚴整，又望見八公山上草木齊整，以爲都是晉兵，回過頭來對苻融說：「這也是勁敵呀！怎能說他們軟弱呢？」茫然若失，臉上開始露出畏懼的神色。

秦兵緊靠淝水西岸擺下陣勢，晉軍無法渡過。謝玄派遣使者對陽平公苻融說：「您孤軍深入，卻臨水設陣，這是作持久戰的策略，不是想速戰速決呀！如果您移動陣勢，稍微撤幾步，讓晉兵得以渡河，來一決勝負，不也很好嘛！」前秦衆將都說：「我軍人多，對方人少，不如就這樣堵住他們，使他們過不來，可以萬無一失。」苻堅說：「衹率兵稍微後撤幾步，讓晉軍一半人馬上岸，我們再用精銳騎兵緊壓冲殺，就沒有不勝的道理！」苻融也認爲正確，於是指揮部隊往後退。秦軍一往後退，就不能再停下了。謝玄、謝琰、桓伊等人趁勢率兵渡河，緊緊追殺。苻融勒馬來回奔馳，巡視戰陣，企圖制止住那些退卻的士兵，但馬倒人翻，苻融被晉兵殺死。秦軍於是崩潰。謝玄等人乘勝追擊，一直追到青岡。秦軍大敗，自相踐踏而死的人，遮蔽了原野，堵塞了河流。那些奔逃的人聽到刮風聲、鶴叫聲，都以爲是晉兵卽刻就要追來，白天黑夜都不敢停歇，在草叢中趕路，在露天下歇腳，加上饑餓寒凍，死去的人十有七八。當初，秦軍稍往後撤時，朱序在陣後呼喊到：「秦兵大敗了！」衆人隨卽沒命地奔逃。朱序隨卽和張天錫、徐天喜都伺機投奔東晉。晉軍繳獲了秦王苻堅所乘坐的雲母車。又攻取了壽陽，活捉了前秦淮南太守郭褒。

……

謝安得到驛書，知道秦兵已經潰敗，當時正與客人下圍棋，閱後順手把驛書合起來放在小桌上，臉上毫無喜色，仍舊衹管下棋。客人問他怎麼回事，他慢慢地答道：「小孩子們已經打敗了寇賊。」下完棋返回內室，跨過門坎時，興奮得竟然連屐齒被碰斷也沒有發覺。

蘇洵

作者簡介 蘇洵（一〇〇九—一〇六六），北宋散文家。字明允，號老泉，眉州眉山（今屬四川）人。宋仁宗嘉祐年間，得歐陽修推薦，任秘書省校書郎。後為霸州文安縣（今河北文安）主簿，參與編寫《太常因革禮》。卒謚「文安」。著有《嘉祐集》。

蘇洵與其子蘇軾、蘇轍合稱「三蘇」，均被列入「唐宋八大家」。蘇洵擅長史論、政論，其文有明顯的縱橫家特色，立論精辟，縱橫捭闔。語言明朗暢達，警策犀利。「縱橫上下，出入馳驟，必造於深微而後止」（歐陽修《故霸州文安縣主簿蘇君墓誌銘》）。

六國論①

題解 這是一篇評議六國對秦政策得失的史論文章。文中深刻地闡述了「六國破滅，非兵不利，戰不善，弊在賂秦」的觀點。指出為國者不應以賂敵而求苟安於一時，當力圖自強，不為敵之積威所劫。文章雖是論古，卻意在諷今，對北宋王朝自「澶淵之盟」以來對契丹和西夏的賄賂妥協政策進行諷諫，希望朝廷以歷史為鑒戒，改變屈辱求和的外交政策，不要重蹈六國滅亡的覆轍。

全文緊扣主題，論點鮮明，結構謹嚴，文筆縱橫恣肆，氣魄雄放，是蘇洵議論文的代表作。

原文 六國破滅，非兵不利，戰不善，弊在賂秦②。賂秦而力虧，破滅之道也。或曰：「六國互喪③，率賂秦耶④？」曰：「不賂者以賂者喪，蓋失強援，不能獨完。故曰弊在賂秦也！」

秦以攻取之外，小則獲邑，大則得城。較秦之所得，與戰勝而得者，其實百倍；諸侯之所亡，與戰敗而亡者，其實亦百倍。則秦國之所大欲，諸侯之所大患，固不在戰矣。

思厥先祖父⑤，暴霜露⑥，斬荆棘，以有尺寸之地。子孫視之不甚惜，舉以予人，如棄草芥。今日割五城，明日割十城，然後得一夕安寢。起視四境，而秦兵又至矣。然則，諸侯之地有限，暴秦之欲無厭⑦，奉之彌繁，侵之愈急。故不戰而強弱勝負已判矣。至於顛覆，理固宜然。古人云：「以地事秦，猶抱薪救火，薪不盡火不滅⑧。」此言得之。

齊人未嘗賂秦，終繼五國遷滅⑨，何哉？與嬴而不助五國也⑩。五國既喪，齊亦不免矣。燕、趙之君，始有遠略，能守其土，義不賂秦。是故燕雖小國而後亡，斯用兵之效也。至丹以荆卿爲計⑪，始速禍焉。趙嘗五戰於秦，二敗而三勝。後秦擊趙者再，李牧連卻之⑫。洎牧以讒誅，邯鄲爲郡⑬，惜其用武而不終也。且燕趙處秦革滅殆盡之際，可謂智力孤危，戰敗而亡，誠不得已。向使三國各愛其地⑭，齊人勿附於秦，刺客不行，良將猶在，則勝負之數，存亡之理，當與秦相較，或未易量。

嗚呼！以賂秦之地，封天下之謀臣；以事秦之心，禮天下之奇才；并力西向，則吾恐秦人食之不得下嚥也。悲夫！有如此之勢，而爲秦人積威之所劫，日削月割，以趨於亡。爲國者，無使爲積威之所劫哉！

夫六國與秦皆諸侯，其勢弱於秦，而猶有可以不賂而勝之之勢；苟以天下之大，下而從六國破亡之故事⑮，是又在六國下矣。

注釋

①六國論：選自蘇洵的《權書》。《權書》共十篇，《六國論》是其中之一。六國，指戰國時的齊、楚、韓、趙、燕、魏。②賂：賄賂，指六國割地給秦國以謀求妥協。③互：接連，交互。④率：大都。⑤思：發語詞，無義。先祖父：祖先。⑥暴：暴露。⑦厭：滿足。⑧「以地」三句：見《戰國策·魏策》：「孫臣謂魏王曰：『……以地事秦，譬猶抱薪而救火也，薪不盡則火不止。今王之地有盡，而秦之求無窮，是薪火之說也。』」又見《史記·魏世家》：「蘇代謂魏王曰：『且夫以地事秦，譬猶抱薪救火，薪不盡，火不滅。』」⑨遷滅：滅亡。⑩與嬴：與秦結交。嬴，秦姓，此借指秦國。⑪丹：燕國太子丹。荆卿：時人對荆軻的尊稱。秦始皇二十七年（前二二七），燕太子丹派荆軻以把督亢圖獻給秦王爲名，謀刺秦王，未成被殺。秦國大舉伐燕，後五年（前二二二），燕亡。⑫李牧：趙國良將，善用兵。秦國進攻趙國時，數次大破秦兵。被封爲武安君。後秦用反間計，誣蔑他要謀反，因此被殺。⑬邯鄲：趙國的首都，故址在今河北省邯鄲市西南。趙亡後，秦始皇十九年（前二二八）置邯鄲郡。⑭向使：假使，假如。三國：指韓、魏、楚。這三個諸侯國多次割地賂秦。⑮故事：前例，舊事。

譯文

六國的滅亡，并不是因爲他們的武器不鋒利，作戰不得法，弊病在於賄賂秦國。賄賂秦國，自己的實力就要虧損，這就是他們滅亡的原因。有人會問：「六國相繼滅亡，難道都是因爲賄賂秦國嗎？」回答是：「沒有賄賂秦國的國家是由於賄賂秦國的國家而滅亡的。沒有賄賂的國家由於失掉了強有力的外援，不能單獨地保全自己。所以說六國滅亡的弊病在於賄賂秦國。」

秦國除了用攻戰取得土地以外，還得到許多土地。小則得到一個鎮子，大則得到一座城池。把秦國受賄賂得到的土地與作戰獲勝而得到的土地相比，那受賄賂得到的土地是作戰中獲勝得到的土地的一百倍。諸侯因賄賂秦國所喪失的土地，與他們在作戰中失敗而失掉的土地相比，那賂秦失去的土地是作戰失敗失掉土地的一百倍。那麼秦國最向往的，六國諸侯最大的禍患，從根本上說，就不是由戰爭來決定了。

想想他們的祖先，冒着寒霜雨露，披荆斬棘，才有了很少的一點土地。他們的子孫卻不愛惜，隨便拿來送給别人，如同抛弃小草一般。今天割讓五座城池，明天割讓十座城池，這才能睡一夜安穩覺。可是第二天起床向四境一看，秦國的軍隊又來了。既然這樣，諸侯的土地是有限的，而強秦的欲望是不能滿足的，六國送給秦國的越多，秦國的侵犯也就愈厲害。所以，不須作戰，誰強誰弱、誰勝誰負，都已經確定了。那麼，六國發展到滅亡的結局，是理所當然的事。古人說：「用土地侍奉秦國，如同抱着柴禾去救火，柴禾不斷，火就不滅。」這話是說對了。

齊國并沒有賄賂秦國，可最終也隨着五國滅亡了，這是什麼原因呢？這是因爲齊國結交秦國而不幫助五國的緣故。五國滅亡了，齊國自然也不能幸免。燕國和趙國的國君，開始還有遠大的謀略，能夠堅守國土，堅持正義而不賄賂秦國。所以燕雖然是個小國卻能最後滅亡，這就是用兵抗敵的功效啊。等到燕太子丹用派遣荆軻刺殺秦王作爲對付秦國的策略，這才加速了禍患的來臨。趙國曾經五次與秦國作戰，兩敗而三勝。後來，秦國兩次攻打趙國，趙國大將李牧接連打退秦國的進攻。等到李牧因受誣陷被殺，邯鄲才成爲秦國的郡邑，可惜趙國用武力抗秦而沒能堅持到最後。而且燕趙兩國正處在秦國逐漸徵伐天下將近結束的時候，可以說是智謀窮竭，因勢孤單了。作戰失敗而亡國，確實是不得已的事啊。假使當初韓、魏、楚三國都珍惜自已的國土，齊國不歸服秦國，燕國的荆軻不去刺殺秦王，趙國的良將李牧仍然健在。那麼，誰勝誰負的命運，誰存誰亡的道理，從六國方面說應當能與秦國相抗衡，結局也許還不能輕易地判定。

唉！如果六國用賄賂秦國的土地封賞天下的謀臣；用侍奉秦國的誠心來禮遇天下的奇才；大家齊心合力地向西進軍，那麼，恐怕秦國人連飯也吃不下去了。眞是可悲啊！有如此強大的國勢，卻被秦國積久的威勢所脅迫，天天割地，月月割地，以至於最後走向滅亡。所以治理國家的人不要被積威所脅迫啊！

六國和秦國都是諸侯國，六國的勢力雖然比秦國弱小，可是還有可以不靠賄賂而戰勝秦國的趨勢。假如憑借這樣大的國家，而重蹈六國滅亡的老路，那麼治國者的膽略和智慧就又在六國之下了！

心術

題解 本文是作者所著《權書》中的一篇，主要論述爲將治兵作戰之道。全篇分治心、尚義、養士、智愚、料敵、審勢、出奇、守備等八個方面。文章以「治心」領起，逐節論述用兵的方法，具體說明了將領如何「治心」，即如何培養自己的謀略膽識，如何調整士兵的心理狀態。提出了知己知彼，「知理」、「知勢」、「知節」，揚長避短、有備無患等軍事原則。但其中流露出的一些玩弄權術的傾向，則不可取。

全篇段落分明，井然有序，由治心而至養士，由養士而至審勢，由審勢而出奇，由出奇而守備。語言簡練，筆力雄健，邏輯嚴密，窮盡事理。

原文 爲將之道，當先治心①。泰山崩於前而色不變，麋鹿興於左而目不瞬②，然後可以制利害，可以待敵。

凡兵上義③；不義，雖利勿動。非一動之爲害，而他日將有所不可措手足也。夫惟義可以怒士，士以義怒，可與百戰。

凡戰之道，未戰養其財，將戰養其力，既戰養其氣，既勝養其心。謹烽燧④，嚴斥堠⑤，使耕者無所顧忌，所以養其財；豐犒而優游之，所以養其力；小勝益急，小挫益厲，所以養其氣。用人不盡其所欲爲，所以養其心。故士常蓄其怒，懷其欲而不盡。怒不盡則有餘勇，欲不盡則有餘貪。故雖并天下，而士不厭兵，此黃帝之所以七十戰而兵不殆也⑥。不養其心，一戰而勝，不可用矣。

凡將欲智而嚴，凡士欲愚。智則不可測，嚴則不可犯，故士皆委己而聽命，夫安得不愚？夫惟士愚，而後可與之皆死。

凡兵之動，知敵之主，知敵之將，而後可以動於險。鄧艾縋兵於蜀中⑦，非劉禪之庸⑧，則百萬之師可以坐縛，彼固有所侮而動也。故古之賢將，能以兵嘗

敵，而又以敵自嘗，故去就可以決。

凡主將之道，知理而後可以舉兵，知勢而後可以加兵，知節而後可以用兵。知理則不屈，知勢則不沮，知節則不窮。見小利不動，見小患不避，小利小患，不足以辱吾技也，夫然後可以支大利大患。夫惟養技而自愛者，無敵於天下。故一忍可以支百勇，一靜可以制百動。

兵有長短，敵我一也。敢問：「吾之所長，吾出而用之，彼將不與吾校；吾之所短，吾蔽而置之，彼將強與吾角，奈何？」曰：「吾之所短，吾抗而暴之，使之疑而卻；吾之所長，吾陰而養之，使之狎而墮其中⑨。此用長短之術也。」

善用兵者，使之無所顧，有所恃。無所顧，則知死之不足惜；有所恃，則知不至於必敗。尺棰當猛虎⑩，奮呼而操擊；徒手遇蜥蜴，變色而卻步，人之情也。知此者，可以將矣。袒裼而按劍⑪，則烏獲不敢逼⑫；冠胄衣甲⑬，據兵而寢，則童子彎弓殺之矣。故善用兵者以形固。夫能以形固，則力有餘矣。

注釋 ①治心：這裏指思想修養和軍事素養方面的磨煉。②瞬：眨眼。③上義：崇尚正義。④烽燧：烽火和烽煙，是古代邊防報警的信號。⑤斥堠：士兵居住、守望的亭堡。這裏指偵察、候望。⑥殆：疲乏。⑦鄧艾：三國時魏國鎮西將軍，率軍取險路入蜀，出奇制勝。縋：將人繫在繩子

上放下去。⑧劉禪：蜀國的後主。⑨狎：輕忽。⑩尺棰：一尺多長的馬鞭。⑪袒裼：脫掉上衣，露出手臂。⑫烏獲：戰國時著名的大力士。⑬胄：盔。

譯文 作將領的方法，應當首先修養心性。要做到泰山在眼前崩塌，卻臉色不變。麋鹿在身邊奔突，眼睛不眨，這樣才能夠控制有利和不利的形勢，才能夠對付敵人。

大凡用兵應該崇尚正義。如果不合乎正義，即使有利可圖也不要出動軍隊。并不是一出動軍隊就會造成危害，而是怕以後出現手足無措的局面。祇有正義才能夠激勵士氣，士兵被正義激勵起來，就能百戰不敗。

大凡作戰的方法，沒有打仗時要積蓄財物，當戰爭即將發生的時候，要培養戰鬥力；當戰爭已經打起來的時候，要培養士氣；當戰爭已經取得勝利的時候，就要修養心性。小心謹慎地設置報警的烽火，嚴密地監視敵情，使耕種的人放心地生產，這就是積蓄財物的方法。給士兵豐厚的獎賞，并讓他們充分休息，養精蓄銳，這就是培養戰鬥力的做法。取得小的勝利更要抓緊督促；遭到小的失敗更要鼓勵他們，這就是培養士氣的辦法。用人時完全不滿足他的欲望，這就是修養心性的做法。所以士兵們常常胸懷義憤而欲望卻得不到滿足，義憤不全部爆發就有無盡的勇氣，欲望沒全部實現就有無盡貪求。所以即使吞并了天下，士兵也不會厭惡戰爭。這就是黃帝打了七十仗而士兵卻依然不懈怠的原因。如果不修養心性，即使戰士們打了一次勝仗後就不能繼續作戰了。

大凡將領要機智而有威嚴，大凡士兵就要愚昧。機智就不可預測，威嚴就不可冒犯，所以士兵都把自身交給將領，聽從他的命令，這樣怎麼能不愚昧呢？祇有戰士愚昧了，然後才能跟將領們同生死。

大凡出動軍隊，必須要了解敵方的首領，了解敵方的將領，然後才可以在險地進攻。魏將鄧艾率兵伐蜀漢，用繩子拴着士兵從懸崖墜入蜀國都城。如果不是蜀漢後主劉禪昏庸無能，即使有百萬軍隊也極容易被俘獲，鄧艾本來就輕視劉禪才這樣行動的。所以古代的良將，能用大軍去試探敵人，同時也用敵人的反應來檢驗自己，這樣就可以決定行動的方針了。

大凡做主將的方法，明白打仗的道理才能夠發動戰爭，了解雙方的形勢才能夠投入戰爭，知道有所節制才能夠指揮戰爭。明白道理就不會失策，了解形勢就不會失去信心，懂得節制就不會陷入困境。見到小利益不動心，遇上小禍難不躲避。小利、小患不值得浪費我的本領，然後才能夠應付大利大患。祇有練就本領并懂得自愛的人，才能無敵於天下。所以短暫的忍耐可以抵御凶猛的攻勢，短暫的鎮靜可以控制多次的妄動。

軍隊有他的長處和短處，敵我雙方都是如此。請問：「我們的長處，我們拿出來運用它，敵人卻不與我較量；我方的短處，我隱蔽起來，敵人卻竭力與我對抗，怎麼辦呢？」回答道：「我方的短處，我故意顯露出來，使敵人心生疑慮而退卻；我方的長處，我暗中隱蔽起來，使敵人輕慢而陷人圈套。這就是靈活運用自己的長處和短處的方法。」

善於用兵打仗的人，要使戰士們沒有什麼顧忌但有所依靠。戰士們沒有什麼顧忌，就知道犧牲了也不值得可惜；有所依靠，就知道不至於一定失敗。手握一尺長的鞭子，面對着猛虎，敢於奮力吶喊而揮鞭打擊；空着手遇上了蜥蜴，也會嚇得面容變色連連後退，這是人之常情。懂得這個道理，就可以帶兵了。假如赤身露臂但手握着劍，那大力士烏獲也不敢逼近；要是頭戴着盔，身穿鎧甲，靠着武器而睡覺，那小童也敢彎弓射殺了。所以善於用兵打仗的人，會利用各種條件來鞏固自己；能夠利用各種條件來鞏固自己，那就威力無窮了。

送石昌言使北引①

題解 本文是作者為石昌言出使契丹寫的一篇贈序。北宋是一個積貧積弱的朝代，内憂外患仍頻。北方的契丹經常侵擾，而北宋王朝采取納幣、貢物等屈膝妥協政策，換取暫時的苟安。因此，派遣使節，相互往來就成為北宋外交的一項重要内容。在這種形勢下出使契丹，責任是重大而艱鉅的。

文章旨在勉勵石昌言出使契丹，要不辱使命。但先以大段篇幅回憶年幼時與昌言交游密切的情景，以及石昌言對自己的關心幫助，真情厚誼，溢於言表。然後以夾敘夾議的手法描述昌言出使的盛大場面，引出歷史上兩個出使敵國的典型史例，抒發對石昌言出使契丹而不辱使命的勗勉。文章由小及大，由遠及近，語言明快，筆力簡勁。

原文 昌言舉進士時，吾始數歲，未學也。憶與群兒戲先府君側②，昌言從旁取棗栗啖我③。家居相近，又以親戚故，甚狎④。昌言舉進士，日有名。吾後漸長，亦稍知讀書，學句讀、屬對、聲律⑤，未成而廢⑥。昌言聞吾廢學，雖不言，察其意甚恨。後十餘年，昌言及第第四人，守官四方，不相聞⑦。吾日以壯大，乃能感悔，摧折復學⑧。又數年，游京師，見昌言長安，相與勞問如平生歡。出文十數首，昌言甚喜稱善。吾晚學無師，雖日為文，中心自慚，及聞昌言說，乃頗自喜。

今十餘年，又來京師，而昌言官兩制⑨，乃為天子出使萬里外強悍不屈之虜庭⑩，建大旆⑪，從騎數百，送車千乘，出都門，意氣慨然。自思為兒時，見昌言先府君旁，安知其至此。富貴不足怪，吾於昌言獨自有感也。大丈夫生不為將，得為使，折沖口舌之間⑫，足矣！

往年彭任從富公使還⑬，為我言曰：「既出境，宿驛亭，聞介馬數萬騎馳過⑭，劍槊相摩⑮，終夜有聲，從者怛然失色⑯，及明，視道上馬跡，尚心掉不自禁。」凡虜所以誇耀中國者，多此類也。中國之人不測也，故或至於震懼而失辭，以爲夷狄笑。嗚呼！何其不思之甚也！昔者奉春君使冒頓⑰，壯士健馬，皆匿不見⑱，是以有平城之役⑲。今之匈奴，吾知其無能爲也。孟子曰：「說大人，則藐之。⑳」況於夷狄？請以爲贈。

注釋　①石昌言：名揚休，眉州（今屬四川）人。大中祥符六年（一〇一三）進士。善作詩。官工部郎中、中書舍人。使北：朝廷派往出使北方（這裏指契丹）的使者。引：一種文體，序的一種，屬贈序一類，專門爲送別親友而寫。也有人認爲是蘇洵爲避父諱而改「序」爲「引」。②先府君：對亡父的敬稱。這裏指蘇洵的父親蘇序。③啖：吃或給別人吃。④狎：親近，親密。⑤句讀：即斷句。中國古代文章中沒有標點符號，誦讀時稱文句中停頓的地方，語氣已經完結的叫「句」，沒有完的叫「讀」，由讀者用圈（句號）和點（逗號）來標記。屬對：謂詩文對仗。聲律：聲韻格律。⑥未成而廢：指沒有學成就停止了。蘇軾《蘇廷評行狀》：「然軾之先人少時獨不學，已壯，猶不知書。公未嘗問。或以爲言，公不答，久之，曰：『吾兒當憂其不學耶？』既而，果自憤發力學，卒顯於世。」⑦不相聞：不通消息。⑧摧折：虛心屈己，此指改變過去的行爲，重新努力學習。⑨兩制：內制和外制的合稱。宋時指翰林學士（翰林學士帶知制誥的稱內制，負責起草赦書、册文等）、中書舍人（中書舍人及其他官員帶知制誥稱外制，負責起草任免百官的詔令）。昌言時任知制誥（掌管起草誥命之意，後用作官名）。⑩虜庭：這裏指契丹所在地。虜是古代對少數民族的蔑稱。⑪旆：泛指旌旗。⑫折冲：克敵制勝。⑬彭任：字有道，於慶曆二年（一〇四二）隨富弼奉使契丹。富公：即富弼（一〇〇四—一〇八三），字彥國，洛陽（今河南洛陽東）人，官至宰相。⑭介馬：披甲的戰馬。介，甲。⑮槊：長矛，古代的一種兵器。⑯怛然：驚懼的樣子。⑰奉春君：即西漢時劉敬，原名婁敬，賜姓劉，被封爲「奉春君」。冒頓：漢初匈奴族一個單于之名。⑱匿：隱藏。⑲平城之役：據《史記》記載，公元前二〇〇年，漢高祖劉邦派人出使匈奴，匈奴故意把精銳之師掩藏起來，讓劉邦的使者祇見到老弱病殘之兵。使者信以爲眞，回報匈奴可擊。後又命劉敬出使匈奴，劉敬認爲匈奴故意示弱，不可輕易出兵。但劉邦不聽劉敬的勸告，親自率軍往擊匈奴，結果在平城被冒頓圍困了七日，用陳平奇計才得以解圍。⑳說大人，則藐之：見《孟子·盡心下》。

譯文　昌言考進士時，我才幾歲，還沒有開始讀書。回想起在先父身邊與小伙伴們玩耍時，昌言從一旁拿棗子、板栗給我吃的情景。我們兩家挨得很近，又因爲是親戚的緣故，所以交往十分密切。昌言進士考試後，日漸有了名聲。我後來漸漸長大，也知道了讀書，於是學習斷句、對仗、聲律等基本知識，但還沒有學成就停止了。昌言聽說我停止了學業，雖然不說，但看得出他心裏是十分遺憾的。過了十多年，昌言以第四名的成績考中進士，從此他離開巴蜀，到遠方作官，彼此間沒有了聯系。我長大成人以後，認識到以前的錯誤，感到後悔，便徹底改變過去的行爲，發憤讀書。

又過了幾年，我到京都游學，在長安見到昌言，我們相互問候，又和以前那樣融洽親密。我拿出自己寫的十幾篇文章，昌言看了十分高興，連聲叫好。我讀書很晚，沒有老師，雖然每天寫文章，但心中覺得羞愧不安，現在聽到昌言的話，才感到非常高興。

又過了十幾年，我又來京師，而昌言已在翰林院、中書省等處任職，并作爲使者出使萬里之外、強悍不屈的契丹。當他啓程的時候，隊伍前面樹起了大旗，有幾百車騎左右護衛，上千部車駕在後面送行，浩浩蕩蕩走出京都城門，意氣勃發。我不禁想起童年看到昌言在先父身旁時的情景，怎麼會知道他能有今天這樣的榮耀？對於昌言的富貴不足爲奇，而對於他的出使我卻很有感慨。大丈夫一生做不了將帥，能擔當使臣，在唇槍舌劍之中擊敗敵人，也就足夠了。

前些年，彭任隨從富公出使契丹回來，對我說：「使者出了國境以後，當晚住在對方的驛站裏，聽到外面好像有數萬騎兵在急速地策馬奔馳，中間還夾雜着劍矛相互碰撞的聲音，叮叮當當，整夜不斷，一些隨從嚇得臉上都變了顏色。天亮之後看到道路上的馬蹄印，心還禁不住怦怦亂跳。」大凡敵人用來向中原使者炫耀的大多是這一類情況。國內使者意料不到，所以有人竟會因此嚇得說錯話，因而被敵人譏笑。唉！他們爲什麼會如此不用腦筋啊！漢朝初年，奉春君出使冒頓，壯士和大馬都被隱藏起來，就產生了輕敵的想法，以至有了後來的平城之戰與白登之圍。現在的契丹，我知道他們是沒有什麼能力的。孟子說：「當你向大人物游說時，應當采取蔑視的態度。」更何況昌言現在出使的夷狄之邦呢！在他臨出發的時候，讓我將這篇序言贈送給他。

張益州畫像記①

題解 宋仁宗至和元年（一〇五四），蜀地傳言儂智高進犯，引起騷亂。朝廷派張方平前往平息事端。張方平采取安定民心的措施，很快平息了那裏的混亂局面。文章記敘了張方平治理蜀地的經過，并通過蜀地百姓為張方平畫像，以示紀念一事，歌頌了張方平治理益州的業績和寬政愛民的精神，生動地塑造了一個清廉明智的封建官吏的形象。

全文由記事、議論和頌揚三部分組成。記事簡潔，議論精辟，頌揚典雅。以文始而以詩終，渾然一體，不僅使文章有一唱三嘆的風韻，而且進一步深化了主題。

原文 至和元年秋②，蜀人傳言有寇至邊③。邊軍夜呼，野無居人。妖言流聞，京師震驚。方命擇帥，天子曰：「毋養亂，毋助變。衆言朋興④，朕志自定。外亂不作，變且中起，既不可以文令，又不可以武競，惟朕一二大吏。孰爲能處茲文、武之間，其命往撫朕師。」乃推曰：「張公方平其人。」天子曰：「然。」公以親辭，不可，遂行。冬十一月，至蜀。至之日，歸屯軍，撤守備，使謂郡縣：「寇來在吾，無爾勞苦。」明年正月朔旦，蜀人相慶如他日，遂以無事。又明年正月，相告留公像於淨眾寺。公不能禁。

眉陽蘇洵言於眾曰⑤：「未亂易治也，既亂易治也。有亂之萌，無亂之形，是謂將亂。將亂難治。不可以有亂急，亦不可以無亂弛。惟是元年之秋，如器之攲⑥，未墜於地。惟爾張公，安坐於其旁，顏色不變，徐起而正之。既正，油然而退，無矜容⑦。爲天子牧小民不倦，惟爾張公。爾繫以生⑧，惟爾父母。且公嘗爲我言：『民無常性，惟上所待。人皆曰蜀人多變。於是待之以待盜賊之意，而繩之以繩盜賊之法。重足屏息之民⑨，而以砧斧令⑩，於是民始忍以其父母妻子之所仰賴之身，而棄之於盜賊，故每每大亂。夫約之以禮，驅之以法，惟蜀人爲易。至於急之而生變，雖齊、魯亦然。吾以齊、魯待蜀人，而蜀人亦自以齊、魯之人待其身。若夫肆意於法律之外，以威劫齊民，吾不忍爲也。』嗚呼！愛蜀人之深，待蜀人之厚，自公而前，吾未始見也。」皆再拜稽首，曰：「然。」

蘇洵又曰：「公之恩在爾心，爾死，在爾子孫，其功業在史官，無以像爲也。且公意不欲，如何？」皆曰：「公則何事於斯，雖然，於我心有不釋焉⑪。今夫平居聞一善，必問其人之姓名，與其鄰里之所在，以至於其長短、大小、美

惡之狀。甚者，或詰其平生所嗜好，以想見其爲人。而史官亦書之於其傳。意使天下之人，思之於心，則存之於目。存之於目，故其思之於心也固。由此觀之，像亦不爲無助。」蘇洵無以詰，遂爲之記。

公南京人，慷慨有大節，以度量雄天下。天下有大事，公可屬。繫之以詩曰：

天子在祚⑫，歲在甲午。西人傳言，有寇在垣。庭有武臣，謀夫如雲。天子曰嘻⑬，命我張公。公來自東，旗纛舒舒⑭。西人聚觀，於巷於塗。謂公暨暨⑮，公來於於⑯。公謂西人，安爾室家，無敢或訛。訛言不祥，往即爾常。春爾條桑⑰，秋爾滌場⑱。西人稽首，公我父兄。公在西囿，草木駢駢⑲。公宴其僚，伐鼓淵淵⑳。西人來觀，祝公萬年。有女娟娟㉑，閨闥閑閑㉒。有童哇哇，亦既能言。昔公未來，其汝棄捐。禾麻芃芃㉓，倉庾崇崇㉔。嗟我婦子，樂此歲豐。公在朝廷，天子股肱㉕。天子曰歸，公敢不承。作堂嚴嚴，有廡有庭㉖。公像在中，朝服冠纓㉗。西人相告，無敢逸荒。公歸京師，公象在堂。

注釋　①張益州：即張方平（一〇〇七—一〇九一），字安道，號樂全居士，北宋南京（今河南商丘）人。累官至參知政事，卒謚「文定」。曾任益州知州，故稱張益州。②至和元年：即公元一〇五四年。至和是宋仁宗趙禎的年號（一〇五四—一〇五六）。③蜀：古蜀國地，今四川成都。

唐武德至開元、北宋太宗時又先後改蜀郡、成都府爲益州。④朋興：群起，蜂起。⑤眉陽：今四川眉山。⑥攲：傾斜。⑦矜容：得意的神色。矜，自大，自誇。⑧緊：相當於「是」。⑨重足：并起雙脚，不敢前進。形容膽小怕事。⑩砧：砧板。⑪釋：放開，放下。⑫祚：皇位。⑬嘻：嘆詞，表示驚訝。⑭纛：古代軍隊裏的大旗。舒舒：迎風飄拂的樣子。⑮暨暨：果斷剛毅的樣子。⑯於於：行動舒緩自得的樣子。⑰條桑：采桑。《詩・豳風・七月》：「蠶月條桑，取彼斧斨，以伐遠揚，猗彼女桑。」⑱滌場：打掃。《詩・豳風・七月》：「九月肅霜，十月滌場。」孔穎達疏：「十月之中，埽其場上粟麥盡皆畢矣。」⑲駢駢：茂盛的樣子。⑳淵淵：鼓聲。《詩・小雅・采芑》：「伐鼓淵淵。」㉑娟娟：姿態柔美的樣子。㉒閨闥：婦女所居内室的門戶。闥，小門。閑閑：閑靜。㉓芃芃：草木茂盛的樣子。《詩・鄘風・載馳》：「我行其野，芃芃其麥。」㉔倉庚：貯藏糧食的倉庫。庾，露天的谷倉。㉕股肱：大腿和胳膊。均爲軀體的重要部分。引申爲輔佐君主的大臣，又比喻左右輔助得力的人。㉖廡：廳堂周圍的走廊、廊屋。㉗纓：帽子上的帶子。

譯文 至和元年秋天，蜀地人傳說有敵寇將要侵犯邊界。駐邊的軍士夜裏慌亂驚呼，四野百姓全都逃光。謠言流傳，京城上下大爲震驚。正準備下令選派將帥時，天子說：「不要釀成叛亂，也不要助成事變。雖然衆人傳說紛起，但我自有主張。外患不足擔憂，祇怕事變會從内部發生。這事既不可一味用文教感化，又不可以一味用武力解決。祇需要我的一二個大臣去妥善處理。誰能夠

處理好這既需文治又需武功的事情，我就派他前去安撫我的軍隊。」於是大家推舉說：「張公方平就是這樣的人。」天子說：「好的！」張公以侍奉雙親爲由推辭，未獲批準，於是就動身出發。當年冬天十一月到達蜀地。到任的那一天，就命令駐軍回去，撤除邊境的防備設施，派人告知郡縣長官說：「敵寇來了由我負責，不必勞苦你們。」到明年正月初一早上，蜀地百姓象往年一樣相互慶賀，於是一直相安無事。又過了一年，正月裏，大家相互商量要把張公的像懸挂在淨衆寺裏。張公沒能禁止得住。

眉陽人蘇洵對大家說：「禍亂沒有發生，這是容易治理的；禍亂已成，也容易治理；有了變戲亂的苗頭，沒有禍亂的表現，這叫作「將亂」，「將亂」是最難治理的了。既不能因爲有禍亂苗頭而操之過急，又不能因爲還沒有形成禍亂而放鬆警惕。至和元年秋天，蜀地的局勢就像一個器物雖已傾斜，但還沒有倒地。衹有你們的張公，安安穩穩地坐在旁邊，面色不改，慢慢地起身扶正。扶正之後，從容退下去，臉上沒有一點驕矜自得的神色。爲天子治理平民百姓，孜孜不倦，衹有你們張公能做到。你們因此能活下來，他就像你們的再生父母一樣。而且張公曾對我說：『老百姓沒有不變的性情，衹在於上面的人如何對待他們。大家都說蜀地人經常發生變亂。所以上面就用對待盜賊的態度去對待他們，用管束盜賊的刑法去管束他們。對於本來已經小心翼翼的百姓，卻用嚴刑峻法去壓制他們，於是百姓才下狠心拿父母妻兒所依靠的身軀，去投靠盜賊，所以常常發生大亂。倘若以禮義來約束他們，用法律來管理他們，蜀地人是最容易治理的。至於因施政急迫而發生變亂，即使是禮儀之邦的齊魯百姓也會如此。我用對待齊魯百姓的方法對待蜀地的百姓，那麼蜀地百姓自然會以齊魯之百姓的標準要求自已。至於不顧法律，肆意妄爲，用權勢來脅迫百姓，我是不忍心這樣做的。』唉，愛惜蜀地百姓如此深切，對待蜀地百姓如此寬厚，在張公之前，我還沒有見過呢。」大家聽了，一齊再重新行禮，叩頭稱道：「是這樣的。」

蘇洵又說：「張公的恩情記在你們心中；你們死了，記在你們子孫心裏。他的功勞業績，載在史冊上，用不着畫像了。而且張公自已也不願意，怎麼辦？」大家都說：「張公怎麼會關心畫像的事？雖然如此，我們心裏總覺不安。現在大家平時聽到有人做件好事，一定要打聽那人的姓名及他的住處，以至於他的高矮、年齡大小、模樣美醜等等，甚至還有人問他平生的愛好，以便推測他的爲人。而史官也把這些寫入他的傳記裏，目的是要使天下人不僅銘記在心裏，而且好像親眼看到一樣。眼睛能看到他，那麼心裏的想念也就更加眞切久遠。由此看來，畫像也不是沒有意義。」蘇洵聽了，無法反駁，就爲他們寫了這篇畫像記。

張公是南京人，爲人慷慨，有高尚的節操，以寬宏大量而聞名天下。國家有重大事情，張公是可以托付的。有詩來記述他的事迹：

天子在位，正當甲午之年。蜀地人傳言，有敵寇將侵犯邊疆。朝廷有武將，謀士多如雲。但天子傳旨，命張公來處理。張公從東方而來，西風獵獵旗幟飄揚。蜀人齊來圍觀，人山人海擠滿街巷。說張公神色果敢堅毅，從容自得。張公對蜀人說：「各自回家好好安頓家庭，不要聽信、傳播謠言。謠言從來就不祥，回去照常作營生。春天動手修剪桑枝，秋天清掃谷場。」蜀人磕頭行禮，稱張公就象父兄。張公游獵田園，草木繁密茂盛。張公宴請僚屬，擊鼓作樂咚咚響。蜀人前來看望，共祝長壽萬年。姑娘美麗動人，在閨房幽嫻貞靜。孩子牙牙學語，已經學會說話。當初張公不來蜀地的話，上天打算拋弃你們。如今莊稼茂盛，糧食堆滿谷倉。啊，我們的妻子孩子，歡歡喜喜慶祝豐足。張公本是朝中重臣，是天子的左膀右臂。天子下令讓他回去，張公豈敢不依？修起莊嚴的殿堂，有廊房又有庭院。張公畫像挂在正堂中，穿着朝服繫着冠帶。蜀人互相勸勉，不再放蕩懶惰。張公回到京城，他的畫像還留在殿堂之上。

木假山記

題解　文章雖題為「木假山記」，但作者并沒有泛泛交待木假山的製作經過，也沒有刻意描繪其精美絕倫的雕刻藝術。而是由木之生不易發端，通過對木假山形成的曲折過程，議其幸與不幸，必然與偶然，隱寓人在社會生活中的各種際遇。繼而由一般轉入具體，就己家之木假山進行具體敘描，由物及人，曲折表達作者的人生哲學。文中記敘描寫與感慨議論緊密結合，頗多轉捩，善於鋪墊，卻又一氣貫注而感慨良多，於變幻中自成章法。

原文　木之生，或櫱而殤①，或拱而夭②。幸而至於任爲棟樑，則伐。不幸而爲風之所拔，水之所漂，或破折，或腐。幸而得不破折不腐，則爲人之所材，而有斧斤之患③。其最幸者，漂沉汩沒於湍沙之間④，不知其幾百年，而其激射齧食之余或仿佛於山者，則爲好事者取去，強之以爲山，然後可以脫泥沙而遠斧斤。而荒江之濆⑤，如此者幾何？不爲好事者所見，而爲樵夫野人所薪者，何可勝數！則其最幸者之中，又有不幸者焉。

予家有三峰。予每思之，則疑其有數存乎其間。且其櫱而不殤，拱而不夭，任爲棟樑而不伐；風拔水漂而不破折、不腐，不破折、不腐而不爲人之所材，以及於斧斤；出於湍沙之間，而不爲樵夫野人之所薪，而後得至於此，則其理似不偶然也。

然予之愛之，則非徒愛其似山，而又有所感焉。非徒愛之而又有所敬焉。予見中峰，魁岸踞肆⑥，意氣端重，若有以服其旁之二峰。二峰者，莊栗刻削⑦，凜乎不可犯，雖其勢服於中峰，而岌然決無阿附意⑧。吁！其可敬也夫！其可以有所感也夫！

注釋 ①蘖：樹木的嫩芽。殤：未成年而死。②拱：指樹有兩手合圍那般粗細。③斤：斧子。④汩沒：沉沒。湍：急流。⑤濆：水邊高地。⑥魁岸：強壯高大的樣子。踞肆：傲慢放肆。踞，同「倨」。⑦莊栗：亦作「莊慄」，莊重，莊嚴。刻削：形容（山石或樓臺）棱角分明，峥嶸峭拔。⑧岌然：高聳的樣子。阿附：曲從依附。

譯文 樹木在生長過程中，有的剛發芽便死了，有的剛長到兩手合圍粗細時便死了。幸運的長到可以作房屋大梁的時候，就被砍伐了。不幸而被大風拔起，被流水漂走，有的折斷了，有的腐爛了。幸而能夠不斷裂、不腐爛的，就會被人們用作木材，於是遭受到斧頭砍伐的災禍。其中最幸運的，在急流和泥沙之中漂流沉埋，不知經過幾百年，在水冲蟲蛀之後，有的變得像山峰，就被喜歡新奇事物的人拿走，加工做成木假山，從此它就可以脫離泥沙，遠離刀斧了。但是，在荒野的江邊，像這樣形狀似山峰的樹木有多少？沒有被喜歡新奇事物的人發現，卻被樵夫、農夫當作木柴的，哪裏數得清呢？那麼在這最幸運的樹木中，又存在着不幸的。

我家的木假山有三座山峰。每當我想到它，總覺得在這中間似乎有命運在起作用。它們在發芽抽條時沒有死，在長成兩手合圍粗細時沒有被砍伐，長到可以作大梁的時候沒有被砍伐，被風拔起，在水中漂浮而沒有折斷，沒有腐爛；沒有折斷腐爛，又未被人當作材料而遭受刀斧砍伐；從急流泥沙之中出來，也沒有被樵夫、農民當作木柴，然後才成爲現在這樣的木假山。那麼它按道理似乎不是偶然的。

然而，我喜愛木假山，不僅僅是喜愛它們長得像山峰，而是內心產生了感慨。不僅喜愛它，而且對它又產生了敬意。我看到中間的山峰魁梧奇偉，居高臨下，神態端正莊重，好像有什麼辦法使它旁邊的二峰順服。旁邊的兩座山峰，莊重謹慎，威嚴挺拔，凜然不可侵犯。雖然山勢向中間的山峰順服，但那高聳挺立的神態，絕然沒有絲毫奉迎依附的意思。唉！眞是令人敬佩呀！眞是令人感慨呀！

名二子說

題解 起名字本是很平常的事，作者卻能因小見大，以簡潔的筆墨巧妙地借名字發揮，通過闡釋為二子取名軾、轍的深義，表達對愛子的勉勵與殷切希望。

文章構思別出新意，針對二子各自性格中的長處和弱點，以車喻人，闡述做人處世的道理，寄託着父親的愛子之情。雖然篇幅極短，卻婉轉振旋，情理兼備，閃爍着思辨和哲理的光彩。

原文 輪輻蓋軫①，皆有職乎車，而軾獨若無所爲者②。雖然，去軾，則吾未見其爲完車也。軾乎，吾懼汝之不外飾也。

天下之車莫不由轍③，而言車之功者，轍不與焉④。雖然，車僕馬斃，而患亦不及轍，是轍者，善處乎禍福之間也。轍乎，吾知免矣。

注釋 ①輪輻蓋軫：車上的部件。輻，車輪中湊集於中心的直木。蓋，車上的蓬子。軫，古代指車箱底部四周的横木。②軾：古代車廂前面用作扶手的横木。古人用以放手表示敬意。③轍：車輪碾過的痕迹，引申爲軌道，車路。④與：參與，在其中。

譯文 構成一輛車子，輪子、輻條、上蓋、車廂底部的横木，它們對於車來說，各有各的用處。衹有車廂前面用作扶手的那一條横木——軾，好像沒有用處。雖然這樣，去掉這條横木，就不能算是一輛完整的車了。軾啊！我擔心的是你過分顯露而不會掩飾自己。

天下所有的車都從轍上軋過，而講到車的功績，卻從來不給轍算上一份。這倒也好，遇到車翻馬死的災難，轍也無需承受什麼損失。所以説，轍是善於在禍福之間找到自己的位置的。轍呀！雖然沒有福分，卻可以免除災禍，也就放心了。

錢公輔

作者簡介 錢公輔（約一〇二二——一〇七三），字君倚，常州武進（今屬江蘇）人。宋仁宗皇祐元年（一〇四九）進士，歷任集賢殿校理、户部判官、知製誥、鄧州知州等職。神宗時，爲天章閣待制，轉諫議大夫，後貶爲江寧知府，因病辭官。

錢公輔擅長寫政論文章，文學意味不强，但有些文章卻寫得疏宕、流暢。

義田記

題解 義田是指爲贍養族人或貧困者而置的田產。此文詳細記述了范仲淹購置義田的經過和措施，以古代賢相晏子爲例，以古襯今，以當世達官貴人爲反襯，高度讚揚了范仲淹「貧終其身」、熱心「施貧活族」的義舉。斥責了身居高位、只知自肥的達官貴人，具有較强的現實意義。文章采用古今映襯、正反對比的手法，顯得波瀾起伏，嚴謹簡潔，清晰流暢。

原文 范文正公①，蘇人也②。平生好施與，擇其親而貧、疏而賢者，咸施之。方貴顯時，置負郭常稔之田千畝③，號曰「義田」，以養濟群族之人。日有食，歲有衣，嫁娶凶葬皆有贍。擇族之長而賢者主其計，而時其出納焉。日食，人一升，歲衣，人一縑④；嫁女者五十千⑤，再嫁者三十千，娶婦者三十千，再娶者十五千；葬者如再嫁之數，葬幼者十千。族之聚者九十口，歲入給稻八百斛⑥。以其所入，給其所聚，沛然有餘而無窮⑦。屏而家居俟代者與焉⑧，仕而居官者罷莫給。此其大較也。

初，公之未貴顯也，嘗有志於是矣，而力未逮者二十年。既而爲西帥⑨，及參大政⑩，於是始有禄賜之入而終其志。公既殁，後世子孫修其業，承其志，如公之存也。公雖位高祿厚，而貧終其身。歿之日，身無以爲斂，子無以爲喪。惟以施貧活族之義，遺其子而已。

昔晏平仲敝車羸馬⑪，桓子曰⑫：「是隱君之賜也。」晏子曰：「自臣之貴，父之族，無不乘車者；母之族，無不足於衣食者；妻之族，無凍餒者；齊國之士，待臣而舉火者三百餘人。以此而爲隱君之賜乎？彰君之賜乎？」於是齊侯以晏子之觴⑬，而觴桓子。予嘗愛晏子好仁，齊侯知賢，而桓子服義也。又愛晏子之仁有等級，而言有次第也。先父族，次母族，次妻族，而後及其疏遠之賢。孟子曰：「親親而仁民，仁民而愛物。⑭」晏子爲近之。今觀文正公之義田，賢於平仲。其規模遠舉，又疑過之。

嗚呼！世之都三公位⑮，享萬鍾祿⑯，其邸第之雄，車輿之飾，聲色之多，妻孥之富，止乎一己而已，而族之人不得其門者，豈少也哉！況於施賢乎！其下爲卿，爲大夫，爲士，廩稍之充⑰，奉養之厚，止乎一己而已，而族之人，瓢囊爲溝中瘠者⑱，又豈少哉？況於他人乎！是皆公之罪人也。

公之忠義滿朝廷，事業滿邊隅，功名滿天下，後世必有史官書之者，予可無錄也。獨高其義，因以遺於世云。

注釋

①范文正公：即范仲淹（九八九—一〇五二），字希文，卒後謚「文正」，故稱范文正公。詳見《岳陽樓記》作者簡介。②蘇人：范仲淹爲北宋吳縣（今江蘇蘇州）人。吳縣爲北宋蘇州府治所，故稱其爲「蘇人」。③負郭：背靠城郭。稔：谷物成熟。④縑：細絹。⑤千：猶言「貫」。古代銅錢用繩穿成一串，每千錢爲一貫。⑥斛：古代舊量器名，亦是容量單位，一斛本爲十斗，南宋末改爲五斗。⑦沛然：充足的樣子。⑧屏：弃，指罷官。⑨爲西帥：范仲淹於宋仁宗康定元年（一〇四〇）任陝西經略安撫副使，慶曆五年（一〇四五）任陝西四路緣邊安撫使，數年間大部分時間鎮守在西部邊境，故有此稱。⑩參大政：慶曆三年（一〇四三）四月，范仲淹入朝爲樞密副使，八月爲參知政事。⑪晏平仲：即晏嬰，字平仲，春秋時齊國國相。羸：瘦，弱。⑫桓子：名田無宇，春秋時齊國人，齊景公時爲大夫，卒謚「桓子」。⑬齊侯：指齊景公，公元前五四七年至公元前四八九年在位。觴：酒器。⑭「親親」二句：見《孟子・盡心上》。⑮三公：這裏泛指高官。⑯鍾：古代的計量單位。萬鍾祿，指極爲優厚的俸祿。⑰廩：米倉，舊指官府發給的糧米。稍：廩食，指公家給予的糧食。⑱瘠：沒有完全腐爛的尸體。《荀子・榮辱》：「是其所以不免於凍餓，操瓢囊爲溝壑中瘠者。」

譯文

范文正公是蘇州人，他平生喜歡施捨，選擇那些關係親密卻生活貧困、關係疏遠卻賢明能幹的人，都救濟他們。當他做大官時，就在近郊買了一千畝豐收有保障的良田，稱作「義田」，來供養救濟許多同族的人。使他們每天有飯吃，每年有衣穿，遇到嫁女、娶媳、遭災、喪葬等都有供給。選擇族中年長而賢明的人主管賬簿，按期提供收支情況。每天的糧食，每人發一升米，衣服每人每年供應一匹細絹；嫁女兒的發給五十千錢，改嫁的發給三十千錢；娶媳婦的發給三十千錢，續弦的發給十五千錢；喪葬發給的費用和改嫁的數目一樣多，埋葬小孩發給十千錢。族人聚居的有九十多口，義田每年收入供分配的稻子有八百斛，用這些收入，供給那些在這裏聚居的族人，十分充足，甚至有剩餘，永無欠缺。退居回家等待任用的人也在供給之列，出仕爲官的人則停止供給。這就是義田的大致情況。

當初，范公還未顯達時，就曾有過興辦義田的志向，但二十年來一直沒有能力實現。後來做了西部邊境的統帥，又入朝參與執掌朝政，這時才開始有了俸祿和賞賜的收入，來完成他的夙願。范文正公去世之後，他的子孫經管他的事業，繼承他的遺志，和他在世的時候一樣。范文正公雖官高爵顯，俸祿豐厚，卻終生過着清貧的生活。逝世的時候，甚至沒有像樣的衣服來裝殮下棺，子孫們也沒有錢財爲他舉辦像樣的喪事。他祇是把救濟貧寒、養活親族的義舉留給兒子們罷了。

從前晏平仲乘破車、駕瘦馬，陳桓子說：「這是爲了隱瞞君主的賞賜啊。」晏子回答說：「自從我做官以後，父親的族人，沒有不乘車的；母親的族人，沒有不衣食充足的；妻子的親族，沒有挨餓受凍的。齊國的士子，等待我的接濟而點火做飯的有三百多人。像這樣，是隱瞞君主的賞賜呢？還是彰明君主的賞賜呢？」於是齊君使用晏子的酒杯，罰桓子飲酒。我曾經仰慕晏子好行仁義，齊君賞識賢人，而桓子服從道義。又仰慕晏子仁愛有親疏層次之分，而言辭有次序。先說父系親族，次說母系親族，再說妻子的親族，最後才提到關係疏遠的賢者。孟子說：「由愛自己的親人而施仁德於民衆，由對民衆仁德而愛惜世間萬物。」晏子的言行是接近於這句話的啊。現在從范文正公的購置義田這件事來看，是比晏平仲還要賢明啊。他施行的規模的遠大，恐怕是要超過晏子的。

唉！當今世上那些身居三公的高位、享受萬鐘厚祿的人，他們宅第的雄偉、車駕的華麗、歌伎舞女的衆多、妻子兒女的富有，祇供他們一個人享用而已，親族中的人不能登門的，難道還少嗎？更何況說幫助關係疏遠的賢者呢！三公之下做卿的、做大夫的、做士的，他們官糧的充足、俸祿的豐厚，也祇供一人享用而已，本族的親人，捧着破碗討飯、窮困潦倒而死於溝壑中的，難道還少嗎？更何況對待其他人呢？他們在文正公面前都是罪人啊！

文正公的忠義譽滿朝廷，事迹流布邊疆，功名傳遍天下，後代一定會有史官記載的，我可以不用贅述了。唯獨仰慕他的義舉，因此把它寫出來留傳給後世。

王安石

作者簡介 王安石（一〇二一—一〇八六），字介甫，晚號半山，撫州臨川（今屬江西）人。北宋政治家、文學家。宋仁宗慶曆二年（一〇四二）進士。歷任簽書淮南判官、鄞縣知縣、群牧判官、常州知州、知制誥、參知政事等，并被召為翰林學士兼侍講。神宗時拜相，實行革新變法。因遭到反變法派的猛烈攻擊，兩度離開相位。晚年退居金陵，潛心於學術研究和詩歌創作，卒謚「文」。有《臨川先生文集》。

王安石重視文章的社會意義，強調為文須有補於世。其散文風格雄健剛直，奇崛峭拔。筆法簡潔有力，結構嚴謹，文辭精練。在「唐宋八大家」中獨樹一幟，自名一家。

興賢

題解 這是王安石論述人才問題的重要文章之一，旨在闡明「任賢」與「棄賢」對國家興亡的關係。

興賢即舉賢，舉賢是為了用賢，讓賢者為國效力。王安石一生致力於改革，因此尤感到「任賢使能」的重要性。作者綜觀古今，援引史實，以充分的證據論證了「興賢」是安邦治國的關鍵。最後聯係現實，明確提出「在君上用之而已」的主張及如何任用賢能的具體建議，指出要為賢人的脫穎而出和發揮作用創造條件。文章短小精悍，以古證今，觀點明確，文簡理周，極有說服力。

原文 國以任賢使能而興，棄賢專己而衰①。此二者必然之勢，古今之通義，流俗所共知耳。何治安之世有之而能興，昏亂之世雖有之亦不興？蓋用之與不用之謂矣。有賢而用，國之福也；有之而不用，猶無有也。商之興也，有仲虺、伊尹②。其衰也，亦有三仁③。周之興也，同心者十人④。其衰也，亦有祭公謀父、內史過⑤。兩漢之興也，有蕭、曹、寇、鄧之徒⑥。其衰也，亦有王嘉、傅喜、陳蕃、李固之衆⑦。魏、晉而下，至於李唐，不可遍舉，然其間興衰之世，亦皆同也。由此觀之，有賢而用之者，國之福也；有之而不用，猶無有也，可不慎歟？今猶古也。今之天下亦古之天下，今之士民亦古之士民。古雖擾攘之際⑧，猶有賢能若是之衆，況今太寧，豈曰無之？在君上用之而已。博詢衆庶，則才能者進矣；不有忌諱，則讜直之路開矣⑨；不邇小人⑩，則讒諛者自遠矣；不拘文牽俗，則守職者辨治矣；不責人以細過，則能吏之志得以盡其效矣。苟行此道，則何慮不跨兩漢、軼三代⑪，然後踐五帝、三皇之塗哉⑫。

注釋　①專己：專行己意，一意孤行。②仲虺：商湯左相，奚仲之後。見《尚書·仲虺之誥》。伊尹：名摯，尹爲官名，輔佐商湯伐桀滅夏，建立商朝，被任爲相。③三仁：商末三賢臣微子、箕子和比干。其中微子不滿紂王的殘暴離去，箕子、比干直言敢諫，或被貶爲奴隸，或被殺害。《論語·微子》：「微子去之，箕子爲之奴，比干諫而死。孔子曰：『殷有三仁焉。』」④同心者十人：指周公旦、召公奭、太公望、畢公、榮公、太顛、閎夭、散宜生、南宮適、文母。《尚書·泰誓中》：「予有亂臣十人，同心同德。」亂臣，此指治國的賢臣。⑤祭公謀父：祭國公，名謀父，周朝卿士。《國語·周語》載，周穆王欲游天下，謀父極力勸諫，周穆王納諫，也因此得以免遭篡弑之禍。內史過：周朝大夫。⑥蕭：即蕭何（？—前一九三），輔佐劉邦起義滅秦，爲漢朝開國功臣。曹：即曹參（？—前一九〇）：與蕭何共同輔佐劉邦，亦爲開國功臣。寇：即寇恂（？—三六），輔佐劉秀成帝業。鄧：即鄧禹（二—五八），隨從劉秀平定天下，功居諸將之首。⑦王嘉：漢哀帝時丞相，因反對哀帝加封佞臣董賢二千戶，橫遭迫害，絕食而死。傅喜：漢哀帝時爲右將軍、大司馬，因反對傅太後干政與驕奢被免官。陳蕃（？—一六八）：字仲舉，漢靈帝時爲太傅，與大將軍竇武一起謀誅宦官，事泄被殺。李固（九四—一四七）：漢冲帝時爲太尉，爲人剛直，因反對外戚擅權而被殺。⑧擾攘：紛亂不定。⑨讜直：正直。⑩邇：近。《尚書·仲虺之誥》：「惟王不邇聲色。」⑪軼：超越。三代：指夏、商、周三朝。⑫五帝：傳說中的上古帝王，其說法不一。《史記》認爲是黃帝、顓頊、帝嚳、唐堯、虞舜。三皇：傳說中的遠古帝王，有幾種說法，通常認爲是燧人氏、伏羲氏和神農氏。塗：通「途」，道路。

譯文　國家都是因爲任用賢能才能興盛，不用賢能而專憑君主一己之見而衰敗。這兩點，是社會發展的必然規律，古往今來都是這樣，也是一般人所認同的。可爲什麼和平安寧的時代，有了賢能之人，就能興盛；混亂動蕩的年代即使有這樣的人也不能興盛呢？這就在於是否任用這些賢能之人了。有了賢能之人并加以任用，這是國家的福氣；有了賢能的人卻不用，就像沒有一樣。商朝的興起，因爲有仲虺、伊尹這樣的賢臣。衰敗時，也有微子、箕子、比干這樣的賢人。周朝興起時，有與武王同心同德的十位賢臣。等到衰敗時，也有祭公謀父、內史過這樣的賢臣。兩漢興起時，有蕭何、曹參、寇恂、鄧禹這樣的賢臣良將。等到衰敗時，也有王嘉、傅喜、陳蕃、李固這樣衆多的賢人。從魏晉以後，一直到唐朝，這樣的賢人很多，不能一一列舉，而這其中有的出現在興盛的時代，有的出現在衰敗的時代，也和上面所說的相同。由此看來，有賢能之人并加以任用，是國家的福氣；有了賢能的人卻不用，就像沒有一樣，對於這種情況，怎麼不應該慎重的對待呢？現在的情況，和古代是相通的。現今的天下，就如同古代的天下，現今的士人和民衆，也如同古代的士人和民衆。古代在動蕩不安的時代，還有像以上所說的那麼多的賢能之人，何況現今太平安寧，怎麼能說沒有賢人呢？這就在於君主和處於上位的人如何任用了。廣泛的徵求衆人的意見，有才能的人就能進用了；沒有忌諱的事情，人們就敢於直言進諫了；不親近小人，那些奉承阿諛之人就被疏遠了；不斤斤計較於文牘細節，受制於世俗之見，主管相關部門的人就能夠明智的處理事務了；不挑別人的小毛病，有辦事能力的人就可以按照自己的設想以達到相應的效果了。如果能夠這樣做，還怕不會超越兩漢、勝過三代而達到五帝三皇那樣的盛世嗎？

上人書①

題解 這篇書信形式的短文，是王安石的一篇重要文論，比較集中地反映了作者的文學見解和主張。

作者從文章的社會功用出發來探討文章內容和形式的關係，認為文章的內容與形式是統一的，但二者又有主次之分。他以器物作比，指出言詞之美如同裝飾器物外貌的「刻鏤繪畫」一樣，「誠使巧且華，不必適用；誠使適用，亦不必巧且華」，應以「適用為本」，不應過於注重文學的華麗形式。這種觀點與當時的文學思想的主流相一致。但王安石說的「適用」，側重在具體實際的社會作用方面，而不像道學家偏重在道德說教。文章簡練勁健，說理透闢，無刻鏤之迹。

原文 嘗謂文者，禮教治政云爾②。其書諸策而傳之人③，大體歸然而已。而

曰「言之不文，行之不遠④」云者，徒謂「辭之不可以已也」，非聖人作文之本意也。

自孔子之死久，韓子作⑤，望聖人於百千年中，卓然也。獨子厚名與韓幷⑥，子厚非韓比也，然其文卒配韓以傳，亦豪傑可畏者也。韓子嘗語人文矣，曰云云，子厚亦曰云云。疑二子者，徒語人以其辭耳，作文之本意，不如是其已也。孟子曰：「君子欲其自得之也。自得之，則居安；居之安，則資之深；資之深，則取諸左右逢其源⑦。」獨謂孟子之云爾，非直施於文而已，然亦可托以爲作文之本意。

且自謂文者，務爲有補於世而已矣。所謂辭者，猶器之有刻鏤繪畫也。誠使巧且華，不必適用；誠使適用，亦不必巧且華。要之以適用爲本，以刻鏤繪畫爲之容而已。不適用，非所以爲器也。不爲之容，其亦若是乎？否也。然容亦未可已也，勿先之，其可也。

某學文久，數挾此說以自治⑧。始欲書之策而傳之人，其試於事者，則有待矣。其爲是非邪？未能自定也。執事正人也⑨，不阿其所好者⑩，書雜文十篇獻左右，願賜之教，使之是非有定焉。

注釋 ①上人書：呈給人的書信。上，呈上。②禮教：禮制，教化。治政：政治。③策：簡。古代用竹片或木片記事著書，故以簡指書本。④「言之不文」句：這是孔子的話。見《左傳·襄公二十五年》。⑤韓子：指韓愈，唐代著名的古文學家。⑥子厚：即柳宗元，字子厚，唐代著名的古文家，與韓愈同爲唐代古文運動的倡導者。⑦「君子」以下幾句：見《孟子·離婁下》。⑧數：屢次。挾：持。⑨執事：對受書者的尊稱，表示不敢直呼其名，衹是請他的執事人把話轉達給他。⑩阿：屈從。

譯文 我曾經認爲，文章不過是講禮樂、教育和政治罷了。寫在書本上傳之於人的，大體上都可以歸屬於這一類。人們通常所說的「文章如沒有辭采，就不能流傳久遠」的說法，衹是講文章不能沒有文采，講究文采并不是聖人寫文章的本意。

孔子死後，過了千百年，又出了韓愈，他繼承聖人的道統，顯得特別突出。衹有柳宗元能和韓愈齊名，柳宗元的爲人不能和韓愈相比，但他的文章終於和韓愈的文章一同流傳於後世，他也是一個值得敬畏的文中豪杰。韓愈曾告訴人們寫文章的方法，說要如此如此，柳宗元也如此這般地說過。我懷疑韓愈、柳宗元衹不過告訴人們怎樣在修辭上下功夫，至於作文的本意，不是這樣說說就夠了的。孟子說：「君子探求學問應該有自己的心得。眞正有了自己的心得，就能專心研究下去；專心研究，就能打下深厚的基礎；有了深厚的基礎，運用起來就能取之不盡，左右逢源。」孟子的說法，不衹是用於寫文章方面，但可以借此說明寫文章的根本道理。

我們所寫的文章，一定要做到對社會有益。所謂文辭，就好像器物上的雕刻、繪畫一樣。即使精巧而華麗，也不一定適用；即使適用，也不一定非要精巧華麗。總之要以適用爲根本目的，以雕刻、繪畫作爲外表修飾罷了。不適用，就不成爲器物了。不修飾它的外表，那它就不成爲器物嗎？肯定不是的。然而外表修飾也不能不講，不要把它放在第一位就可以了。

我學寫文章的時間很久了，時常用這些觀點來指導自己的寫作。現在才想到要把它們寫下來告訴別人，至於把它們用到社會實踐中去，還需要等待時間。這種看法是正確的呢，還是錯誤的呢？我自己還不能確定。您是一位正直的人，是不會屈從別人的愛好的。現在抄錄雜文十篇獻上，希望您指教，使我對自己的主張是非與否有個確定的認識。

傷仲永

題解 宋仁宗慶曆三年（一〇四三），王安石回臨川探親，有感而作此文。方仲永是個「神童」，因聰穎過人而轟動鄉里。但由於缺乏應有的培養，良好的智力得不到開發，終於淪為平庸之輩。作者通過這個見聞實例，證明了後天的教育和學習對人才培養的決定意義。

全文緊扣「天賦不可依恃」這一中心進行論述，文法嚴謹，敘議相襯，逐層深入，「婉轉切至」（沈德潛《唐宋八大家文讀本》卷三十）。最後以反問作結，餘味無窮，令人深思、警醒。

原文 金溪民方仲永①，世隸耕。仲永生五年，未嘗識書具②，忽啼求之。父异焉，借旁近與之，卽書詩四句，并自爲其名。其詩以養父母、收族爲意③。傳一鄉秀才觀之。自是指物作詩立就，其文理皆有可觀者。邑人奇之，稍稍賓客其父④，或以錢幣乞之。父利其然也，日扳仲永環謁於邑人⑤，不使學。

余聞之也久。明道中⑥，從先人還家⑦，於舅家見之⑧，十二三矣。令作詩，不能稱前時之聞⑨。又七年，還自揚州，復到舅家問焉，曰：「泯然衆人矣⑩。」

王子曰⑪：「仲永之通悟，受之天也。其受之天也，賢於材人遠矣。卒之爲衆人，則其受於人者不至也。彼其受之天也，如此其賢也，不受之人，且爲衆人；今夫不受之天，固衆人，又不受之人，得爲衆人而已耶？」

注釋 ①金溪：今江西省金溪縣。②書具：書寫工具，筆墨紙硯之類。③收族：團結同族的人。《禮記・大傳》：「敬宗，故收族。」④稍稍：漸漸。賓客其父：以其父爲賓客，卽用待客的禮節接待他的父親。⑤扳：引，領着。⑥明道：宋仁宗趙禎年號（一〇三二—一〇三三）。⑦先人：指去世的父親。明道二年（一〇三三），王安石隨侍其父王益居祖父喪歸臨川。⑧舅家：指王安石舅舅家。王安石的母親姓吳，吳家世居金溪。⑨稱：符合，相稱。⑩泯然：消失。這裏指方仲永的天賦完全消失。⑪王子：作者自稱。

譯文 金溪縣有個叫方仲永的人，祖上世代以耕田爲業。仲永長到五歲時，從不知道筆墨紙硯爲何物，有一天忽然嚷着要這些東西。他的父親感到很詫异，從鄰居家借來給他，仲永當卽寫下了四句詩，并且題上自己的名字。那首詩以贍養父母和與宗族搞好關係爲內容。事情傳出後，全鄉的秀才都來觀看。從此，指定物品讓他作詩，他能立卽完成，并且詩的文采和內容都有值得欣賞的地方。縣裏的人對此也感到驚奇，漸漸地有人便以賓客的禮節對待他父親，有的人用錢帛來求仲永的詩作。他的父親認爲有利可圖，每天拉着仲永在鄉裏四處拜謁，卻不讓他學習。

我聽說這件事很久了。明道年間，我隨從先父回到家鄉，在舅舅家見到了方仲永，他已經十二三歲了。讓他作詩，寫出來的詩并不能與從前的名聲相比。又過了七年，我從揚州回來，再次來到舅舅家，問起方仲永的情況，回答說：「他已經和一般人沒有什麼兩樣了。」

王安石說：「方仲永的聰慧是與生俱來的。他有天賦，條件比一般有才能的人好很多。然而最終還是成爲一個普通的人，那是因爲他沒有受到後天教育的緣故。像他那樣天生聰慧，如此有才能的人，沒有受到後天的教育，尚且會成爲普通的人。現在那些沒有天賦的人多的是，本來就是普通人了，如果再不接受後天的教育，恐怕連普通的人都不如吧？」

游褒禪山記①

題解 這是一篇游記形式的說理文。文章的重點不在於描摹自然景色，而是觸景抒懷、寄寓哲理，借游山探洞闡述治學之道。所以作者將游歷過程記述的平淡簡略，將游歷所思所悟卻寫得極為精細深沈。作者由游洞所見「世之奇偉瑰怪非常之觀，常在於險遠」，悟出在治學問題上，應該有所創造。而人欲有所得，必須有非凡的意志，付出超常的努力，并善於利用客觀條件，不能淺嘗輒止，半途而廢；由所見路邊僕碑產生聯想，悟出治學者應持「深思」、「慎取」的態度，決不可隨便盲從。

文章先敘後議，由實到虛，前後呼應，周折嚴密。語言凝煉準確，記事簡潔明快，說理準確生動。即代表了王安石散文的風格，也體現了宋文長於議論的特點。而所闡述的道理至今對治學、創業、處事仍有借鑒意義。

原文 褒禪山亦謂之華山。唐浮圖慧褒始舍於其址②，而卒葬之，以故其後名之曰「褒禪」。今所謂慧空禪院者，褒之廬塚也③。距其院東五里，所謂華山洞者，以其乃華山之陽名之也。距洞百餘步，有碑僕道④，其文漫滅⑤，獨其為文猶可識，曰「花山」。今言「華」如「華實」之「華」者，蓋音謬也。

其下平曠，有泉側出，而記游者甚眾，所謂「前洞」也。由山以上五六里，有穴窈然⑥，入之甚寒。問其深，則其好游者不能窮也⑦，謂之「後洞」。予與四人擁火以入⑧，入之愈深，其進愈難，而其見愈奇。有怠而欲出者⑨，曰：「不出，火且盡⑩。」遂與之俱出。蓋予所至，比好游者尚不能十一，然視其左右，來而記之者已少。蓋其又深，則其至又加少矣。方是時，予之力尚足以入，火尚足以明也。既其出，則或咎其欲出者⑪，而余亦悔其隨之，而不得極夫游之樂也。

於是予有嘆焉。古人之觀於天地、山川、草木、蟲魚、鳥獸，往往有得，以其求思之深而無不在也。夫夷以近⑫，則游者眾；險以遠，則至者少。而世之奇偉瑰怪非常之觀⑬，常在於險遠，而人之所罕至焉，故非有志者不能至也。有志矣，不隨以止也，然力不足者，亦不能至也。有志與力而又不隨以怠，至於幽暗昏惑而無物以相之⑭，亦不能至也。然力足以至焉而不至，於人為可譏，而在己為有悔。盡吾志也而不能至者，可以無悔矣，其孰能譏之乎？此予之所得也。

余於僕碑，又以悲夫古書之不存，後世之謬其傳而莫能名者，何可勝道也哉⑮？此所以學者不可以不深思而慎取之也。

四人者：廬陵蕭君圭君玉⑯，長樂王回深父⑰，余弟安國平父、安上純父⑱。

至和元年七月某日⑲，臨川王某記。

注釋 ①褒禪山：在今安徽含山北。②浮圖：梵語，或譯作「浮屠」、「佛圖」，有佛教、寺院、和尚之意，此處指僧人。慧褒：唐代高僧。舍：居住。③廬塚：層舍和墓地。④僕：伏倒。⑤漫滅：磨損剝蝕，模糊不清。⑥窈然：幽暗深遠的樣子。⑦窮：盡頭。⑧擁火：拿着火把。⑨怠：懶惰，鬆動。⑩且：將。⑪咎：責怪。⑫夷：平坦。⑬瑰怪：壯麗奇异。非常：非同尋常。⑭相：輔助。⑮勝道：說盡。⑯廬陵：今江西省吉安市。蕭君圭君玉：名君圭，字君玉。其人生平不詳。⑰長樂：今福建省長樂縣。王回（一〇二三—一〇六五）：字深父，理學家，道德學問均有名於當時。⑱安國平父：王安國（一〇二八—一〇七四），字平父，王安石之弟。神宗熙寧元年（一〇六八）賜進士第，以文章見稱於世。安上純父：王安上，字純父，王安石幼弟。⑲至和元年：即公元一〇五四年。至和，宋仁宗趙禎年號（一〇五四—一〇五六）。

譯文 褒禪山也叫華山。唐朝和尚慧褒起初在這裏的山腳下築室居住，死後就葬在這裏，因爲這個緣故，後人就稱此山爲褒禪山。現在人們所說的慧空禪院，就是慧褒的禪房和墳墓所在地。距離那禪院東五里遠，是人們所說的華山洞，因爲它在華山的南面而得名。距離山洞一百多步，有一座石碑倒在路旁，上面的碑文已被剝蝕得模糊不清，衹有殘留的字迹中還可辨識出「花山」二字。現在將「華」讀爲「華實」的「華」，大概是把讀音讀錯了。

華山洞的下面平坦而空闊，有泉水從旁邊流出來，到這裏游覽并題詩記名的人很多，這就是人們所說的「前洞」了。由山下往上走五六里，有個洞穴，幽暗深邃，進去便感覺寒氣逼人，想打聽它的深度，就連那些喜歡游覽的人也未能走到盡頭，這就是人們所說的「後洞」。我和同伴四人舉着火把進去，越往裏走，前進越困難，而所見的景象越奇妙。有個懈怠而想退出的人說：「再不出去，火把就要燃盡了。」於是，衹好都跟他退出洞來。我們所到達的深度，比起那些喜歡游覽的人，大概還不足十分之一。可看看左右石壁，能來此游玩而題字留念的人已經很少了。再往裏走，能夠到達的人就更少了。當中途要從洞裏退出來時，我的體力還足夠前進，火把還能夠繼續照明。出洞以後，就有人埋怨那位要退出的人，而我也後悔自己跟他出來，未能盡情享受游山的樂趣。

對此我產生了感慨。古人觀察天地、山川、草木、蟲魚、鳥獸，往往有所收獲，是因爲他們的探求和思考既深入且又無處不在。地勢平坦而又途程較近的地方，游覽的人便多；而地勢險要而遙遠的地方，游覽的人便少了。但世上奇妙雄偉、瑰奇怪异的非凡景觀，常常在艱險遙遠的地方，而這又是人們很少到達的地方，所以沒有堅強意志的人是不能到達的。若有意志，不跟隨別人而中途停止，然而體力不足的人，也不能到達，有意志與力量，也不受別人的影響而懈怠，但到了那幽深昏暗、令人迷惑的地方而沒有外來力量的幫助，同樣也不能到達。然而力量足以達到而未能達到，在別人看來是可以譏笑的，對自己來說也是有所悔恨的。盡了自己的主觀努力，卻沒有達到目的，自己就可以不後悔了，這難道誰還能譏笑他嗎？這就是我從這件事得到的啓發。

我對於倒在路上的那塊石碑，又因爲它而感嘆古代刻寫的文獻亡失，致使後世以訛傳訛、無法弄清眞相的事，哪能說得完呢？這就是今天的讀書人對於以往的傳聞不得不深入思考并愼重選擇的緣故。

同游的四個人是：廬陵人蕭君圭，字君玉；長樂人王回，字深父；我弟弟安國，字平父；安上，字純父。

至和元年七月某日，臨川王安石記。

度支副使廳壁題名記

題解 嘉祐五年（一〇六〇），王安石任三司使度支判官。當時度支副使呂景初編刻歷任題名錄，本文即記此事。

文章從概敘度支副使廳壁題名發端，進而闡述自己的理財主張，由財之重要推及法之重要，再推及吏之重要，強調要選擇具有革新思想的人來充當度支副使這一重要官職。最後仍就廳壁題名發慨，點明題意。文章結構嚴謹，識見高卓，風格遒勁，晚清著名古文家吳汝綸評為「筆力豪悍，有崩山決澤之觀」（《評校音注古文辭類纂》卷五十七），在廳壁記中獨具特色。

原文 三司副使①，不書前人姓名。嘉祐五年②，尚書戶部員外郎呂君沖之③，始稽之衆史④，而自李紘已上至查道⑤，得其名；自楊偕已上⑥，得其官；自郭勸

已下⑦，又得其在事之歲時，於是書名而鑱之東壁⑧。

夫合天下之衆者財，理天下之財者法，守天下之法者吏也。吏不良，則有法而莫守；法不善，則有財而莫理。有財而莫理，則阡陌閭巷之賤人⑨，皆能私取予之勢，擅萬物之利，以與人主爭黔首⑩，而放其無窮之欲，非必貴強桀大而後能⑪。如是而天子猶爲不失其民者，蓋特號而已耳⑫。雖欲食蔬衣敝⑬，憔悴其身，愁思其心，以幸天下之給足而安吾政⑭，吾知其猶不得也。然則善吾法，而擇吏以守之，以理天下之財，雖上古堯、舜猶不能毋以此爲先急⑮，而況於後世之紛紛乎⑯？

三司副使，方今之大吏，朝廷所以尊寵之甚備⑰。蓋今理財之法，有不善者，其勢皆得以議於上而改爲之⑱。非特當守成法，吝出入⑲，以從有司之事而已⑳。其職事如此，則其人之賢不肖，利害施於天下如何也㉑！觀其人，以其在事之歲時，以求其政事之見於今者，而考其所以佐上理財之方，則其人之賢不肖，與世之治否，吾可以坐而得矣。此蓋呂君之志也㉒。

注釋 ①三司副使：宋置三司使，總管國家財政開支。三司下設鹽鐵、戶部、度支三個部門，以三司使一人總領三部，各部有一人主管，稱三司副使。度支副使爲三司副使之一，掌管國家的

財政收支，由員外郎以上歷任三路轉運使及六路發運使者充任。②嘉祐：宋仁宗年趙禎年號（一〇五六—一〇六三）。③戶部員外郎：官名，從六品，無實職。呂君：即呂冲之。名景初，字冲之。開封酸棗（今河南延津）人，當時以戶部員外郎的身份爲度支副使。④稽：考察。⑤李紘：字仲綱，宋州楚邱（今河南滑縣東）人，宋仁宗明道年間任度支副使。查道：字湛然，歙州休寧（今安徽休寧）人。宋眞宗咸平年間，三司使分部設置副職，查道爲首任度支副使。⑥楊偕：字次公，坊州中部（今屬陝西）人，宋仁宗景祐年間任度支副使。⑦郭勸：字仲褒，鄆州須城（今山東東平）人，繼楊偕爲度支副使。⑧鑱：鐫刻。⑨阡陌：田間小路，泛指鄉間。閭巷：街巷。賤人：這裏指豪強富商，他們沒有官職爵祿。⑩黔首：百姓。⑪貴強桀大：出身高貴，勢力強大。桀，通「杰」。⑫特：僅僅，衹是。號：名號，名義。⑬食蔬衣敝：吃青菜，穿破衣。食、衣，皆用作動詞。⑭幸：希望。給足：家給人足，衣食豐余。安：安定，穩定。⑮堯、舜：傳說中的上古賢君。毋：不。⑯紛紛：混亂錯雜的樣子。《漢書·陳平傳》：「漢王謂平曰：『天下紛紛，何時定乎？』」⑰寵：優待。備：周到。⑱勢：權勢。議於上：在皇帝面前討論。⑲吝：吝惜。這裏是嚴格管理的意思。出入：財政收支。⑳從有司之事：做好本職的份內的事。㉑施：施加，帶來。㉒志：想法，用意。

譯文

三司副使官署中，以往不記錄歷任副使的姓名。嘉祐五年，尚書戶部員外郎呂冲之方才開始查考各種文獻資料，終於查明了從李紘以前直至第一任度支副使查道的姓名，以及楊偕以前歷任度支副使的官階品秩。從郭勸以後，又查清了歷任度支副使任職的年月，於是將他們的姓名寫在石上并且刻在度支副使廳的東壁上。

能聚合天下之民衆的是經濟，治理天下經濟的是法令，執行天下法令的是官吏。官吏不好，則雖有法令而不能貫徹；法令不當，則雖然經濟形勢很好而無從管理。經濟形勢很好而不妥善管理，那樣連一般富商豪民都會有操縱市場的勢力，獲得壟斷各種物資的利益，來與皇帝爭奪黎民百姓，從而滿足他們自己的無窮欲望，這不一定需要豪門強宗大勢力的人才可以辦到。如果到了這個地步還說是皇帝沒有失去百姓，那衹不過是徒有天子之名罷了。即使皇帝想要節衣縮食過簡樸生活，終日操勞得精疲力盡，憂愁鬱結於心，衹盼天下人能夠衣食充足而使自己的政權得以穩定，我斷定這也是做不到的。由此看來，把法令制定的很完善，并選擇優良的官吏去遵守奉行，對國家的財政進行整頓，即使在上古堯、舜時期，也不能不把這些措施看作當務之急。更何況後世那種亂紛紛的局面呢。

三司副使是當今的重要官吏，朝廷用來對他們表示尊重和優待的各種方式，已經十分周到，無微不至了。因爲目前理財的方法如果有不完善的地方，擔任三司副使的官員是可以有權在皇帝面前進行討論，經過修改再去執行。并不一定要墨守成規、謹小慎微地管錢財，各守本分去辦例行公事就算行了。它的職務是這樣的重要，那麼擔任這種職務的官員是好還是壞，他們所執行的政策對天下的影響是有利還是有害，關係是如何重大啊！我們看到歷任職官的姓名，觀察一下這些人與他們任職的具體年月，進而探討他們所推行、直到今天還能看到的各項政策，并研究一下他們幫助皇帝理財的方法，那麼這人究竟是好還是壞，以及國家治理得究竟好不好，我坐在這裏一看就清楚了。這大概就是呂君題名刻石的用意所在吧！

答司馬諫議書

題解 北宋神宗年間，王安石推行新法，實行改革，遭到朝中多數大臣的反對。右諫議大夫司馬光寫了一封長達三千餘言的信給王安石，否定新法，要求恢復舊制。王安石針鋒相對，回了這封短信。

文章從辨明「名實」入手，逐條嚴辭駁斥了司馬光關於變法是「侵官」、「生事」、「徵利」、「拒諫」的責難，批判了士大夫不恤國事、因循守舊的行徑。文末引史事表明自己矢志新法，決意改革的勇氣和信心。文章言簡意明，理足氣盛，措詞得體，體現了作者不為浮議所惑、堅持原則的政治家的胸襟和風範。

原文 某啓：昨日蒙教，竊以爲與君實游處相好之日久①，而議事每不合，所操之術多异故也②。雖欲强聒③，終必不蒙見察，故略上報，不復一一自辯。重念蒙君實視遇厚④，於反復不宜鹵莽，故今具道所以，冀君實或見恕也。

蓋儒者所爭，尤在於名實⑤。名實已明，而天下之理得矣。今君實所以見教者，以爲侵官、生事、徵利、拒諫⑥，以致天下怨謗也。某則以謂受命於人主，議法度而修之於朝廷，以授之於有司⑦，不爲侵官；舉先王之政⑧，以興利除弊，不爲生事；爲天下理財，不爲徵利；辟邪説⑨，難壬人⑩，不爲拒諫。至於怨誹之多，則固前知其如此也。人習於苟且非一日，士大夫多以不恤國事、同俗自媚於衆爲善⑪。上乃欲變此，而某不量敵之衆寡，欲出力助上以抗之，則衆何爲而不洶洶然⑫？盤庚之遷，胥怨者民也⑬，非特朝廷士大夫而已。盤庚不爲怨者故改其度，度義而後動⑭，視而不見可悔故也。如君實責我以在位久，未能助上大有爲，以膏澤斯民⑮，則某知罪矣；如曰今日當一切不事事⑯，守前所爲而已，則非某之所敢知。

無由會晤，不任區區嚮往之至⑰。

注釋 ①君實：即司馬光，字君實，時任右諫議大夫（諫院長官之一，掌諫諍）。邵伯溫《邵氏聞見錄》卷十載司馬光早年曾與王安石同爲群牧司判官。古時寫信，自己稱名，而以字稱對方，以示禮貌。②操：秉持，主張。術：方法，策略。這裏指政治主張。③强聒：强作解説。聒，聲音喧雜，吵鬧。④視遇：看待。⑤名實：名稱與實際。《孟子·告子下》：「先名實者，爲人也。」《荀子·正名篇》：「名定而實辨」。「名實」觀念成爲中國傳統文化中一個重要內容。⑥侵官：增添新機構，侵犯原主管部門的職權。指熙寧二年，王安石執政後創置三司條例司，司馬光認爲是侵犯了原來的鹽鐵、度支、戶部三司的權力。生事：指生事擾民。司馬光《與王介甫書》中說：「《老子》又曰：『我無爲而民自化，我好靜而民自正，我無事而民自富，我無欲而民自樸。』……今介甫爲政，盡變祖宗舊法……。使上自朝廷，下及田野，內起京師，外周四海，士吏兵農工商僧道，無一人得襲故而守常者，紛紛擾擾，莫安其居。」徵利：徵斂財富，與民爭利。司馬光等守舊派指責王安石實行均輸法、青苗法，增加國家收入，是與民爭利。「今介甫爲政，首制置條例，大講財利之事……又分遣使者散青苗錢於天下而收其息，使人人愁痛，父子不相見，兄弟妻子離散。」（司馬光《與王介甫書》）。拒諫：拒絕反對者的規諫批評。指王安石不接受保守派反對新法的意見。「或所見小异，微言新令之不便者，介甫輒艴然加怒……。明主寬容如此，而介甫拒諫乃爾，無乃不足於恕乎！」（司馬光《與王介甫書》）⑦有司：負有專職的政府機構中各部門。古時設官分職，各有所司。⑧舉：施行，興辦。⑨辟：批駁，排斥。⑩壬人：奸詐巧辨的小人。《尚書·虞書·舜典》：「惇德允元，而難任人。」壬，通「任」，佞。⑪恤：憂慮，關心。⑫洶洶然：喧擾爭吵的樣子。《荀子·天論》：「君子不爲小人之匈匈也輟行。」洶洶，同「匈匈」。⑬「盤庚」二句：盤庚，商王朝君主，湯的第九代孫。當時商建都在黃河以北，常有水災等，爲鞏固統治和避免自然災害，商代國王自湯至盤庚，共遷都五次。民戀舊地，相與怨上。盤庚即位後，將國都從奄（今山東曲阜）遷到殷（今河南安陽西北），遭到貴族和被貴族煽動的一些人的反對。盤庚以言辭誥之，遂有《盤庚》三篇。《尚書·商書·盤庚上》：「盤庚五遷……民咨胥怨。」胥，與，相，相與。⑭度：法令、計劃。⑮膏澤：油脂雨露，比喻恩惠，這裏用作動詞。《孟子·離婁下》：「膏澤下於民。」⑯事事：做事。前一個「事」字用作動詞，從事。⑰不任：不勝。區區：誠心。向往：仰慕。這是古代寫作所用的客套語。

譯文 安石啓稟：昨天承蒙指教，我私下認爲，我與君實您交往相處時間很長了，彼此友好，但是議論政事常常意見不一致，這是我們二人的政治主張不同的緣故吧。雖然我想強自叨聒，做些解釋，但恐怕終究得不到你的理解，所以就簡單地給您寫封回信，不再一一加以辯解。但又想到您對我的厚遇，在書信往來上，我不應該簡慢失禮，所以現在詳細地說出我所以這樣做的理由，希望您或許能夠諒解我吧。

大凡學者所爭論的問題，尤其在於名分和實際是否相符。如果名分和實際一致的道理都明確了，那麼天下所有的道理也就淸楚了。現在您用來指教我的是，您認爲我這樣做侵奪了官吏的職權，是造事擾民，是爲了生財而與民爭利，拒絕接受不同的意見，而招致天下人的怨恨和抨擊。我則認爲，接受皇帝的命令，議訂法令制度，又在朝廷上加以討論修正，再把它交給專職官員，這不能算是侵奪官府職權；我施行古代君王的仁政，爲的是興利除弊，而不是無故滋生事非；爲人民利益管理國家財富，不是與民爭利；抨擊錯誤的言論，駁斥巧辯的小人，不是拒絕批評建議。至於出現許多怨恨和誹謗，早在我預料之中。人們習慣於苟且偷安，得過且過已不是一天兩天了，士大夫們多數不體察國家政事，而以附和世俗、阿諛獻媚作爲能事，所以皇上才要改變這種風氣，而我也不顧政敵力量衆寡，衹想到出力幫助皇上來抵制這股勢力，哪能不引起一些人氣勢洶洶地大吵大鬧呢？盤庚遷都於殷，不衹是朝廷上的士大夫反對，連老百姓都抱怨；但盤庚并沒有爲此而改變原來的計劃；因爲他考慮到遷都合理然後才行動，認爲正確的就不後悔。如果您責備我久居相位，卻沒能輔佐皇上爲民造福，沒有進行重大改革，那麼我應該領罪。如果我現在什麼事都不做，衹要墨守陳規舊法就行，那我就不敢領教了。

沒有機會與您見面，內心不勝敬仰。

答姚辟書①

題解　王安石一生以經國爲志，文章亦主張以「適用」爲本，強調「有補於世」，這封書信也體現了作者的這一思想宗旨。

姚辟原來是個老學究，「究心經術」，「精於典禮」，一舉一動都依從古訓，十分迂腐。作者對此不甚爲然。信的開頭感謝姚辟的攜書來訪，接着寫對姚辟文字的印象和對其談吐的感受。後從進士之名生發，層層推進，正反相襯，直言儒學要義，以章句名數爲譏，進以經世之說。文章辨理透僻，簡約深婉，不枝不蔓，涵茹有致。

原文　姚君足下：別足下三年於茲，一旦犯大寒，絕不測之江，親屈來門。出所爲文書，與謁并入②，若將見貴者然。始驚以疑，卒觀文書，詞盛氣豪，於理悖焉者希③，間而論衆經④，有所開發。私獨喜故舊之不予遺而朋友之足望也⑤。

今冠衣而名進士者⑥，用千萬計。蹈道者有焉，蹈利者有焉。蹈利者則否，蹈道者則未免離章絕句⑦，解名釋數⑧，遽然自以聖人之術殫此者有焉⑨。夫聖人之術，修其身，治天下國家，在於安危治亂，不在章句名數焉而已。而曰聖人之術殫此，妄也。雖然，離章絕句，解名釋數，遽然自以聖人之術殫此者，皆守經而不苟世者也。守經而不苟世，其於道也幾，其去蹈利者，則緬然矣⑩。觀足下固已幾於道，姑汲汲乎其可急⑪，於章句名數乎徐徐之。則古之蹈道者，將無以出足下上。足下以爲何如？

注釋　①姚辟：字子張，金壇人。仁宗皇祐年間進士。獨究經術，與歐陽修、王安石等有交游。②謁：名貼。③悖：荒謬，違背。④衆經：指儒家經典。漢代尊《詩》、《書》、《易》、《禮》、

《春秋》爲五經（《樂經》失於秦火，後乃不傳）。漢文帝時，以《白虎通》所稱「九經」（《儀禮》、《周禮》、《禮記》、「春秋三傳」、《易》、《書》、《詩》）與《論語》、《孝經》、《爾雅》、《孟子》合爲「十三經」。⑤故舊之不予遺：《論語・泰伯》：「故舊不遺，則民不偷。」遺，遺忘，遺弃。足：能夠。⑥冠衣：戴帽，穿衣。進士：科舉名。⑦離章絕句：分析古書的章節和句讀，古代小學的基本功之一。章，章節。句，指句讀。《漢書・夏侯勝傳》：「章句小儒，破碎大道。」⑧名：名物。數：術數及算術。⑨遽然：驟然，突然。殫：盡，竭盡。⑩緬然：遙遠的樣子。⑪汲汲：心情急迫的樣子。

譯文 姚君足下：與您分別至今已三年，那天一早您冒着嚴寒，渡過深不可測的長江，親自屈駕光臨舍下。您拿出所寫的文稿，帶着名貼進來，像是拜見貴人一樣。我起初又驚又疑，後來讀了文稿，感到文詞充實，氣勢豪逸，於理不通的地方很少。交談中您還論及五經，我聽了有所啓發，心裏爲老朋友沒有忘記我，并能來探望我而暗自高興。

如今，衣冠楚楚的名爲進士的人，多得數以萬千，其中有趨奉儒道的，有趨求功利的。趨求功利的人是鄙陋的；而趨奉儒道的人，卻不免要分析章句，解釋名數，於是其中就有人頓時自以爲聖人的學術全在這章句名數。聖人的學說，強調的是修養自身，治國平天下，其要義在於國家的安危、天下的治亂，衹是不在章句名數而已。而認爲聖人的學說全在這章句名數的人，都是奉守經義而又不苟同世俗的。能奉守經義而不苟同世俗，那麼它對儒道來說已經很接近，而與趨利之人相去甚遠。我看您本來已經接近於儒道，姑且急切地去探求要義，那還是應該的，至於章句名數方面，就慢慢地去研究吧。如果能這樣，那麼，古代趨奉儒道的人，將沒有誰能超出於您之上。您認爲如何？

送孫正之序①

題解 宋仁宗慶曆二年（一〇四二），王安石進士及第，至揚州任簽書淮南判官。其友人孫侔將從親遠行，王安石作此序以贈之。

作者不滿當時處處步趨古人，口是心非的俗儒，讚頌「術素修而志素定」的君子。他們儘管窮苦無奈，挫折失敗，也不「詘己以從時」，屈從世俗潮流。作者用對比映照的手法，將眾人與君子對比，以孟軻、韓愈與孫正之照應，引用越人望燕的比喻，層層深入地進行論析，特徵鮮明，情感充沛。這篇贈序雖是為讚揚、勉勵友人，也是作者的自我寫照、自我激勵，「兩相箴規，兩想知己之情可掬。」（茅坤《唐宋八大家文鈔》卷六）

原文 時然而然②，衆人也；已然而然，君子也。已然而然，非私己也③，聖人之道在焉爾。夫君子有窮苦顛跌④，不肯一失詘己以從時者⑤，不以時勝道也。故其得志於君，則變時而之道若反手然⑥，彼其術素修而志素定也。時乎楊、墨⑦，已不然者，孟軻氏而已⑧；時乎釋、老⑨，已不然者，韓愈氏而已⑩。如孟、韓者，可謂術修而志素定也，不以時勝道也。惜也不得志於君，使真儒之效不白於當世⑪，然其於衆人也卓矣。嗚呼！予觀今之世，圓冠峨如⑫，大裾襜如⑬，坐而堯言，起而舜趨，不以孟、韓爲心者，果异於衆人乎？

予官於揚⑭，得友曰孫正之。正之行古之道，又善爲古文，予知其能以孟、韓之心爲心而不已者也。夫越人之望燕⑮，爲絶域也。北轅而首之⑯，苟不已，無不至。孟、韓之道去吾黨，豈若越人之望燕哉？以正之之不已⑰，而不至焉，予未之信也。一日得志於吾君，而真儒之效不白於當世，予亦未之信也。

正之之兄官於溫⑱，奉其親以行，將從之，先爲言以處予⑲。子欲默，安得而默也？慶曆二年閏九月十一日⑳。

注釋

①孫正之：即孫侔，字正之，又字少述，吳興（今浙江湖州）人。文風奇古，性情孤傲。嘗求教於歐陽修，名聞江淮間。與王安石友善，屢舉進士不中，終身不仕。②然：這樣，如此。③私：偏愛。④顛跌：跌倒，此指遭到挫折的意思。⑤詘：通「屈」，屈服，折服。⑥變時：改變時俗。之：趨向。反手然：像翻轉手掌一樣，比喻做事情毫不費力。《荀子·非相》：「定楚國，如反手爾。」⑦楊、墨：即楊朱、墨翟，二人均爲戰國時著名的思想家。楊朱，魏國人，主張「貴

己」，不以物累。墨翟，宋國人（一說魯國），墨家學派創始者，主張兼愛。二人均被儒家視爲异端。⑧孟軻：戰國時思想家，繼承孔子的儒家學說，與楊墨之説尖鋭對立。⑨釋、老：泛指佛、道二教。⑩韓愈氏：卽韓愈，字退之，河南河陽（今河南孟縣）人，唐德宗貞元年間進士，官至吏部侍郎。唐代古文運動領袖，「唐宋八大家」之一。撰有《原道》、《諫迎佛骨表》等，大力提倡儒學，反對佛老。⑪白：顯露。⑫峨如：高聳的樣子。⑬襜如：（衣服前後擺動）整齊的樣子。《論語・鄉黨》：「衣前後，襜如也。」⑭揚：今江蘇揚州。⑮越：今浙江地區，泛指南方。燕：今河北地區，泛指北方。⑯北轅：車轅向北。轅，駕車用的直木或曲木。首：開始。這裏指啓程、上路的意思。⑰已：停止。⑱溫：今浙江溫州。⑲處：安排。此處有督促、激勵的意思。⑳慶曆二年：公元一〇四二年。慶曆爲宋仁宗趙禎年號（一〇四一—一〇四八）。

譯文 時俗潮流認爲這樣做就跟着去做，這是一般的人；而自己認爲對的就主動去做，這才是君子。自己認爲該這樣做就主動去做，并不是爲了個人的私利，是因爲聖人之道在裏面。君子有窮苦困窘的時候，卻不願讓自己屈從時俗，原因就在於他們不認爲時俗能勝過聖人之道。所以他們得到君主的信任，就改變時俗，使它轉向聖人之道，而且易於反掌。這是因爲他們的學術修養很深，志向非常堅定。時俗都崇尚楊朱、墨子的學說而自己不這樣做的，衹有孟軻；世俗都崇尚佛老而自己不這樣做的，衹有韓愈。像孟軻、韓愈可以算得上學術修養高深且志向堅定了，不認爲時俗能勝過

道的人啊。可惜他們不被君主信任，使眞正的儒者的作用不能在社會上顯示出來。但與普通人相比，他們已經算是很杰出了。唉！我看現在社會有些人，帶着高高的圓頂帽子，穿着飄動的寬大衣裙，一言一行都說要向堯、舜學習，卻不把孟、韓的思想作爲自己的思想，難道與普通人有什麼區別呢？

我在揚州做官，結識了一位朋友叫孫正之。正之奉行聖人之道，又善於寫作古文，我知道他是那種把孟韓思想作爲自己的思想而不動搖的人。南方人望着北方，覺得那是絕遠的地方。但是如果駕車向北出發，不停地走，沒有到達不了的。孟軻、韓愈的學說和我們的距離，怎麼能和南方人望北方距離相比呢？具有孫正之那種永不停止的精神，如果學不到孟、韓的學問，我不相信。如果有一天他得到君主的重視，而眞正的儒家學卻不能在當世顯示，我也不相信。

孫正之的兄長要到溫州做官，帶着他們的母親一起上任，正之也將要跟着去，動身之前他先寫了篇文章來激勵我，我想沉默又怎能沉默得了嗎？所以寫了這篇序。慶曆二年閏九月十一日。

同學一首別子固①

題解 這是王安石二十二歲時寫給友人曾鞏的一篇贈序。同學，取同以儒學爲宗之意。王安石與曾鞏二人均年少而心念國事，志向高遠。他們互相慰勉，以期攜手共進。

文章以從容淡雅的筆調敘說了對曾鞏的愛慕和懷念之情，勉勵對方以聖人為目標，不斷加強道德學問的修養，并以另一個志同道合的朋友孫正之作為映襯。語言質樸，格調高雅，委婉曲折，筆勢緊斂而開闔自如，是一篇寓理於情的佳作。

原文

江之南有賢人焉②，字子固，非今所謂賢人者，予慕而友之。淮之南有賢人焉③，字正之④，非今所謂賢人者，予慕而友之。二賢人者，足未嘗相過也⑤，口未嘗相語也，辭幣未嘗相接也⑥，其師若友，豈盡同哉？予考其言行，其不相似者何其少也！曰：學聖人而已矣。學聖人，則其師若友必學聖人者。聖人之言行，豈有二哉？其相似也適然⑦。

予在淮南，為正之道子固，正之不予疑也。還江南，為子固道正之，子固亦以為然。予又知所謂賢人者，既相似又相信不疑也。子固作《懷友》一首遺予⑧，其大略欲相扳以至乎中庸而後已⑨。正之蓋亦嘗云爾。夫安驅徐行，轥中庸之廷而造於其室⑩，捨二賢人者而誰哉？予昔非敢自必其有至也，亦願從事於左右焉爾，輔而進之其可也。

噫！官有守，私有繫⑪，會合不可以常也。作《同學》一首別子固，以相警，且相慰云。

注釋

①子固：即曾鞏。見本書曾鞏簡介。②江：長江。曾鞏家居建昌軍南豐（今屬江西），北宋時屬江南西路。③淮：淮河。淮之南，這裏指當時為淮南路治所的揚州。④正之：孫侔，字正之。⑤過：過訪，交往。⑥辭：指朋友間互通問候的書信。幣：帛，古人交往時贈送的禮品。⑦適然：宜然，理當如此。⑧《懷友》：《曾鞏集》卷五十二《懷友一首寄介卿》一文。文中說：「予少而學，不得師友，焦思焉而不中，勉勉焉而不及，抑其望聖人之中庸而未能至者也。……而介甫劇官於揚，予窮居極南，其合之日少而離別之日多，切劇之效淺而愚無之易懈，其可懷且憂矣。思而不釋，已而敘之，相慰且相警也。」遺：贈送。⑨相扳：相互切磋幫助。扳，通「攀」，援引。中庸：儒家提倡的不偏不倚、無過無不及的道德準則。《論語·雍也》：「中庸之為德也，其至矣乎！」⑩轥：車輪碾過的意思。廷：通「庭」，庭院。造：達到。《論語·先進》：「由也陞堂矣，未入於室也。」⑪繫：牽制。

譯文

江南有一位賢人，字子固，不是如今人們所說的賢人，但我敬仰他，并和他交朋友。淮南有一位賢人，字正之，也不是如今人們所說的賢人，我也敬仰他，和他交朋友。這兩位賢人，不曾相互拜訪，不曾親口相互交談，也沒有互相贈送過禮品。他們的老師或朋友，難道都是相同的嗎？我考察他們的言論和行為，那些不相似的地方很少啊！應該說，這是他們學習聖人的結果。學習聖人，那麼他們的老師或朋友，必定是學習聖人的。聖人的言論和行為，難道會有兩樣嗎？他們的相似也是應該的。

我在淮南，向正之提起子固，正之不懷疑我的話。回到江南，向子固提起正之，子固也很相信我的話。於是我知道人們以爲的賢人，他們言行既相似，又互相信任而深信不疑的。子固作《懷友》一篇贈送我，其大意是希望互相幫助，以便達到中庸的境界才肯罷休。正之也經常這樣説，安穩駕着車子，慢慢地行走，車輪碾過中庸的門庭而進入内室，除了這兩位賢人還能有誰呢？我過去不敢肯定自已有可能達到這種境界，但也願意跟在他們左右，在他們的幫助下前進，大概能夠達到目的。

唉！做官各有自已的職守，有個人私事的牽扯，我們之間不能經常相聚，因此寫作《同學一首別子固》，以互相告誡，并且互相慰勉。

祭歐陽文忠公文①

題解 本文作於神宗熙寧五年（一〇七二），時王安石在朝中為相。

全文以議論張本，采用迂回之法，避開「悲」字作文章，以簡潔雄健的語言總結了歐陽修不平凡的一生，深情地讚美他在文學上的光輝成就及在政治上的業績品格，抒發了作者的無限景仰與悼懷之情。感情深摯沈痛，文筆恣肆揮灑，一氣貫注，韻味深長而勁健無比。「歐公薨，而安石為文祭之，於是歐公其人其文，其立朝大節，其坎坷睏頓，與夫平生知己之感，死後臨風想望之情，無不具見於其中。」

（清·蔡翔《王荊公年譜考略》）當時為歐陽修作祭文者，不乏曾鞏、蘇軾、蘇轍等名家，而評價最為深刻、文采斐然而被後人公認為第一的，非此篇莫屬。

原文 夫事有人力之可致②，猶不可期；況乎天理之溟漠③，又安可得而推④？惟公生有聞於當時，列有傳於後世，苟能如此足矣，而亦又何悲？

如公器質之深厚⑤，智識之高遠，而輔學術之精微⑥，故充於文章，見於議論，豪健俊偉，怪巧瑰琦⑦。其積於中者⑧，浩如江河之停蓄；其發於外者⑨，爛如日月之光輝。其清音幽韻，淒如飄風急雨之驟至；其雄辭閎辯⑩，快如輕車駿馬之賓士。世之學者，無問識與不識，而讀其文，則其人可知。

嗚呼！自公仕宦四十年⑪，上下往復⑫，感世路之崎嶇。雖屯邅困躓⑬，竄斥流離，而終不可掩者，以其公議之是非⑭。既壓復起⑮，遂顯於世。果敢之氣，剛正之節，至晚而不衰。方仁宗皇帝臨朝之末年，顧念後事⑯，謂如公者，可寄以社稷之安危。及夫發謀決策⑰，從容指顧⑱，立定大計⑲，謂千載而一時。功名成就，不居而去⑳，其出處進退，又庶乎英魄靈氣㉑，不隨異物腐散，而長在乎箕山之側與潁水之湄㉒。

然天下之無賢不肖，且猶爲涕泣而歔欷㉓。而況朝士大夫，平昔游從，又予心之所向慕而瞻依㉔。

嗚呼！盛衰興廢之理，自古如此；而臨風想望，不能忘情者，念公之不可復見，而其誰與歸㉕！

注釋 ①歐陽文忠公：卽歐陽修，卒謚文忠。見本書歐陽修簡介。②致：取得。③溟漠：幽晦廣遠，神秘莫測。④推：推究。⑤器質：器度品質。⑥精微：精湛深妙。⑦瓌琦：瑰麗奇特，形容卓爾不凡。⑧積於中者：指蘊藏在胸中，如學識、修養等。⑨發於外者：表現在外面，如談吐、文章等。⑩閎辯：宏偉的議論。⑪仕宦四十年：歐陽修自宋仁宗天聖八年（一〇三〇）舉進士，任西京留守推官，至神宗熙寧四年（一〇七一）以觀文殿學士、太子少師致仕，前後大約四十年。⑫上下：指官位的陞降。⑬屯邅：處境窘困。困躓：遭受挫折。躓，被絆倒。⑭公議之是非：是非自有公論。公議，公衆輿論。⑮既壓復起：指歐陽修多次受到貶謫。晚年得到重用，歷任樞密副使、參知政事，成爲朝中的元老重臣。⑯後事：指仁宗身後皇位繼承之事。⑰發謀：施展謀略。⑱指顧：手指目視，形容動作迅速。⑲立定大計：指立英宗事。仁宗無子，身爲參知政事的歐陽修和平章事韓琦力勸仁宗立太宗曾孫宗實爲皇子，賜名曙。後卽位爲英宗。⑳不居而去：不居功而引退。歐舊修在英宗登基的後年，卽治平二年（一〇六五），不斷上表請求去職。終於熙寧四年（一〇七一）年致仕。㉑庶乎：大概，幾乎。英魄靈氣：歐陽修《祭石曼卿文》：「生而爲靈，死而爲靈。其同乎萬物生死而復歸於無物者，暫聚之形；不與萬物共盡，而卓然其不朽者，後世之名。」這裏指不滅的精神。㉒箕山：今河南省登封市東南。潁水：源出登封縣境內的潁谷，流經潁州（今安徽阜陽）入淮河。相傳堯時高士許由隱於箕山潁水間，後人遂稱箕山、潁水爲隱士所居之所。歐陽修晚年致仕後歸老潁州，故用此典。湄：河岸，水邊。㉓歔欷：哀嘆抽泣聲。㉔瞻依：瞻仰依恃。表示對尊長的敬意。㉕其誰與歸：卽「其與誰歸」。其，將。

譯文 人的力量可以做到的事情，尚且難以預料；何況天意幽冥難測，又怎麼能推想得出來的呢？然而先生在世的時候已經享有盛名，死後又必定能夠流芳後世。有這樣的成就已經可以了，又有什麼好悲傷的呢？

先生具有深厚的氣質，高遠的見識，再加上學術的精深微妙。因此表現在文章中，發爲議論，是那麼的豪放雄偉，精巧奇特。蓄積在胸中，浩瀚有如江河匯聚；發爲文章，明亮如日月的光輝。清亮幽雅的韻調，淒淒切切如急雨驟風突然降臨；雄壯的辭語、恢宏的論辯，明快敏捷如輕車駿馬的奔馳。世上的學者，不管他是否和先生熟識，祇要讀到他的著作，就能知道他的爲人。

唉！先生做官四十年來，一次次陞官降職，調出調進，使人感到這世上道路的崎嶇不平。先生雖屢遭貶謫，顛簸流離，卻始終沒有埋沒無聞，其原因在於是非自有公論。既使暫且被壓制，但最後還會被重用，於是聲名顯著於當世。先生果決勇敢的氣魄，剛強正直的節操，到了晚年仍絲毫不衰。仁宗皇帝在朝的最後幾年，他考慮身後的大事時說，像先生這樣的大才，可以把決定國家安危的大事相委托。等到後來發出計謀，從容指揮，果斷迎立新帝即位，眞可說是千年難遇的關鍵時刻啊。功成名就之後，卻不居功而主動退隱，從出任官職，到歸家隱居，這樣的品格一定不會隨着草木同朽，而一定長留在箕山之側與潁水之濱，永不消散。

現在天下無論是不是賢人，都在痛哭流涕，何況朝中的士大夫同僚，長期交流往來的像我這樣的人，失去我敬慕的師長呢！

唉！事物盛衰興亡的道理，自古以來就是如此。而臨風悵想，往事不能忘懷，就是因爲從此再也見不到先生了，我將還能和誰一起呢？

泰州海陵縣主簿許君墓誌銘①

題解 本文作於宋仁宗嘉祐年間。墓主許平，官職卑微，經歷簡單，并無突出事迹可寫。作者就在他的懷才不遇上做文章。以離俗遠行之士和趨勢窺利之士的不遇，來襯托許平仕途之偃蹇，表達深沈的感慨之情，并含蘊地把這種悲劇歸咎於當時的科舉制度和當權者不能人盡其才。行文若即若離，鬱屈跌宕。敘事簡潔而條理清晰，議論縱橫而寄慨遙深，可謂「志銘中別開一體」（沈德潛《唐宋八大家文讀本》卷三十）。

原文 君諱平，字秉之，姓許氏。余嘗譜其世家，所謂今泰州海陵縣主簿者也。君既與兄元相友愛稱天下②，而自少卓犖不羈③，善辯說，與其兄俱以智略爲當世大人所器。寶元時④，朝廷開方略之選⑤，以招天下異能之士。而陝西大帥范文正公、鄭文肅公爭以君所爲書以薦⑥，於是得召試爲太廟齋郎⑦。已而，選泰州海陵縣主簿。貴人多薦君有大才，可試以事，不宜棄之州縣。君亦常慨然自許，欲有所爲。然終不得一用其智能以卒。噫！其可哀也已！

士固有離世異俗，獨行其意，罵譏、笑侮、困辱而不悔。彼皆無衆人之求，而有所待於後世者也。其齟齬固宜⑧！若夫智謀功名之士，窺時俯仰以赴勢物之會，而輒不遇者，乃亦不可勝數。辯足以移萬物，而窮於用說之時⑨；謀足以奪三軍，而辱於右武之國⑩；此又何說哉？嗟乎！彼有所待而不悔者，其知之矣。

君年五十九，以嘉祐某年某月某甲子葬眞州之揚子縣甘露鄉某所之原⑪。夫人李氏。子男：瓌，不仕；璋，眞州司戶參軍⑫；琦，太廟齋郎；琳，進士。女子五人，已嫁者二人：進士周奉先，泰州泰興令陶舜元⑬。

銘曰：有拔而起之，莫擠而止之。嗚呼！許君！而已於斯，誰或使之？

注釋 ①泰州海陵：宋代泰州屬淮南東路十州之一，治所在海陵縣（今江蘇泰州）。主薄：官名，州縣皆設主薄，是州刺史、縣令的主要幕僚之一，負責文書簿籍等。②兄元：許平之兄許元，字子春，宣州宣城（今安徽宣城）人，爲江淮制置發運使，後歷知揚、越、泰州。《宋史》卷二九九有《許元傳》，稱其「以聚斂刻剝爲能，急於進取，多聚珍奇以賂遺京師權貴。」頗多貶義，與王安石評價多有不同。③卓犖：卓越，突出。④寶元：宋仁宗趙禎年號（一〇三八—一〇四〇）。⑤朝廷開方略之選：據《宋史·選舉志》載，寶元二年（一〇三九），宋仁宗下令整頓貢舉科目，設置了識洞韜略、運籌帷幄科等科目廣選人才。⑥范文正公：即范仲淹（九八九—一〇五二），蘇州吳縣（今江蘇蘇州）人，北宋著名政治家、文學家。寶元三年（一〇四〇）知永興軍，任陝西經略安招討使，所以稱「陝西大帥」。鄭文肅公：即鄭戩，字天休，蘇州吳縣人，寶元間任右諫議大夫同知樞密院。卒謚「文肅」。⑦太廟齋郎：掌管宗廟陵墓供獻之事，由官員子弟蔭補。⑧齟齬：原意爲上下牙齒對不齊，比喻意見不合，互相抵觸。文中是說不合時宜，不被當世所用。⑨用說之時：采納雄辯之說的機遇。⑩右武：提倡和尊重武功。《史記·平津侯傳》：「守成尚文，遭遇右武，未有易此者也。」右，上。⑪眞州之楊子縣：宋代眞州屬淮南路，治所在楊子縣（今江蘇儀征）。⑫司戶參軍：官名。亦稱戶曹參軍，置於各州，掌管戶籍、賦稅、倉庫等。⑬泰興：宋代泰州屬縣，今江蘇泰興。

譯文 君名平，字秉之，姓許。我曾經查閱過許氏家族的家譜，大體了解許氏家族的歷史及歷代世系，許平就是家譜上所載的現任泰州海陵縣主簿。許君與他的哥哥許元以互相友愛而著稱於天下。而許平本人又自小卓絕出衆，豪放不羈，善於辯論，和他的哥哥都以智謀才略爲當時德高望重的前輩所器重。仁宗寶元年間，朝廷開設「方略」科，用來招納天下有特殊才能的人，而以龍圖閣直學士出任陝西經略安撫招討使的范文正公和右諫議大夫同知樞密院事的鄭文肅公，都極力把許君所寫的文章向朝廷推薦，因此許君得以被召應試，被任命爲太廟齋郎。不久被選任爲泰州海陵縣主簿。當時許多達官貴人都認爲許君有大才，應委以政事考察他的能力，不應該長期閑置在州縣幕僚的位子上；許君也曾經激昂慷慨地稱許自已，希望有所作爲。然而，他終於沒能得到施展才智的機會，抱恨而逝。唉！眞是可悲啊。

古往今來的士大夫中本來就有超脫塵世、不合時俗，衹按自己意願行事，遭到謾罵、譏諷和輕侮，困窘受辱而不後悔的人。他們都是沒有普通人那種衹顧眼前名利的卑下企求，而是志存高遠，希望自已那些有益於世的主張能被後人理解和肯定。這種人與時不合本來是不足爲奇的事情。退一步說，即使是那種具有才智和謀略而熱衷於追求功名利祿的人，他們經常處心積慮地窺測時機，看風使舵、迎合取媚、與時俯仰，以求抓住權勢利祿的機會，卻往往仍得不到被人重用的機會。這種情形也比比皆是。反之，有些長於論辯的人，本來有本領用他的雄辯去改變世界上的許多事情，但是，卻在看重游說的時代陷入了無可作爲的困窘境地；有些善用計謀的人，本來有本領憑他的謀略去擊敗敵人的百萬大軍，卻在崇尚武力的國家受到侮辱。這些又怎樣解釋呢？唉！那些寄希望於後世而不後悔的人，或許明白這個道理吧！

許君享年五十九年，於仁宗嘉祐某年某月某日，葬於眞州的楊子縣甘露鄉某處的墓地。夫人李氏。有四個兒子：長子許瓌，沒有做官；次子許璋，任眞州司戶參軍；三子許琦，任太廟齋郎；四子許琳，進士出身。女兒五人，已嫁二人；女婿是進士周奉先、泰州泰興縣令陶舜元。

我要留下的銘文是：人人都希望有人提拔幷起用，沒人希望受人排擠幷阻止。唉，許君！你就這樣結束了自己的一生，長眠在這裏，是誰造成這種情況的呢？

讀孟嘗君傳①

題解 這篇短文是作者閱讀《史記·孟嘗君傳》的讀後感。孟嘗君即戰國時齊國貴族田文，封號孟嘗君。與當時趙國的平原君、魏國的信陵君、楚國的春申君合稱「戰國四公子」，皆以好習養士著名。

一直以來，人們習慣沿襲司馬遷《史記》的記載，認爲孟嘗君有「食客三千」，是「仗義疏財」、「禮賢下士」的賢者。王安石卻一掃陳見，翻新出奇，指出孟嘗君養士多爲其個人謀利，於國於民無補，不過是「鷄鳴狗盜之雄耳」，并沒有「得士」，而真正的「士」應當有經時濟世的雄才大略。全文不滿百字，卻一波三折，跌宕生姿，言辭峻厲，氣勢凌人。清代學者沈德潛譽之曰：「語語轉，字字緊，千秋絕調」（沈德潛《唐宋八大家文讀本》卷三十）。

原文 世皆稱孟嘗君能得士，士以故歸之②，而卒賴其力以脫於虎豹之秦③。

嗟呼！孟嘗君特鷄鳴狗盜之雄耳，豈足以言得士？不然，擅齊之強④，得一士焉，宜可以南面而制秦⑤，尚取鷄鳴狗盜之力哉？夫鷄鳴狗盜之出其門，此士之所以不至也。

注釋 ①孟嘗君傳：指司馬遷《史記》中的《孟嘗君列傳》。孟嘗君：即田文，戰國時齊國公子。魏國信陵君、趙國平原君、楚國春申君，都以好客養士著名，幷稱「戰國四公子」。②歸：投奔。③「而卒賴其力」句：據《史記孟嘗君傳》記載，秦昭王曾欲聘孟嘗君爲相，有人進讒，秦昭王又囚而要殺他。孟嘗君向昭王寵姬求救，寵姬提出要白狐裘爲報。而孟嘗君衹有一白狐裘，已獻給秦王。於是門客裝狗叫進入秦宮，盜得狐白裘獻給秦王寵姬，寵姬爲孟嘗君說情，昭王釋放孟嘗君，繼而後悔，派兵追趕。孟嘗君逃至函谷關，關法規定鷄鳴才能開關，門客有學鷄叫者，引動群鷄皆鳴，孟嘗君才脫險逃出函谷關，回歸齊國。④擅：擁有。⑤南面而制秦：制服秦國，使秦國的國王向齊國的國王稱臣。南面，古代以坐北朝南爲尊位，故天子、諸侯見群臣，或卿大夫見僚屬，皆面南而坐。帝位面朝南，故代稱帝位。

譯文　世俗的人都稱贊孟嘗君善於搜羅人才，因此人才都投靠他的門下，而最終仰仗他的力量，得以從虎豹一樣凶殘的秦國逃脫出來。唉！孟嘗君衹不過是那些鷄鳴狗盜之徒的頭目罷了，哪裏稱得上能搜羅人才呢？如果不是這樣，他完全可以憑借齊國的強大力量，衹得到一個眞正的人才，就應該南面稱王而戰勝秦國，還用得着這些鷄鳴狗盜之輩的能力嗎？鷄鳴狗盜之輩出入他的門下，這正是眞正的人才之所以不到他那裏去的原因呀！

讀柳宗元傳①

題解　出於傳統的偏見，唐代的永貞革新在歷史上未得到公正的評價。受這種偏見的影響，王安石一方面認為八司馬是被叔文所誘，陷於不義。但另一方面，作者卻充分肯定他們不怕挫折、奮進不息的人生態度，并以「士大夫欲為君子者」與八司馬對比，褒貶分明，使兩者在強烈的對比中美醜立現。

文章以百餘字的篇幅，聯係現實，抒發對一個重大的歷史事件的感慨，言簡意賅而筆力雄健，體現一個政治家的遠見卓識和鮮明的愛憎。

原文　余觀八司馬②，皆天下之奇材也，一爲叔文所誘③，遂陷入於不義。至今士大夫欲爲君子者，皆羞道而喜攻之。然此八人者，既困矣，無所用於世，往往能自強以求別於後世，而其名卒不廢焉。而所謂欲爲君子者，吾多見其初而已，要其終④，能毋與世俯仰以別於小人者耳⑤？復何議於彼哉？

注釋　①柳宗元（七七三—八一九），唐代著名的文學家，字子厚，祖籍河東（今屬山西），和韓愈一起倡導古文運動。德宗貞元九年（七九三）進士，官監察御史里行。參加永貞革新，遷禮部員外郎。革新失敗後，貶邵州刺史。著有《柳河東集》。②八司馬：指柳宗元、劉禹錫、韓泰、韓曄、陳諫、凌准、程异、韋執誼這八人，參加唐順宗永貞元年間王叔文等領導的政治革新，不久革新失敗。八人均被貶往邊遠地區任州司馬，稱之爲「八司馬」。③叔文：即王叔文（七五三—八〇六），越州山陰人（今浙江紹興），永貞革新的核心人物。革新失敗後被貶爲渝州（今四川重慶）司戶，次年被賜死。④要：考察。⑤俯仰：順從世俗。

譯文　我看柳宗元等八位司馬，都是天下杰出的人才。而一旦被王叔文所利用，就陷入不義的境地。以至現在想做君子的士大夫們，都不僅羞於提及他們，而且還喜歡攻擊他們。但這八人雖然已經窮困潦倒，無法施展才能，但往往都能努力向上，爭取聞名於後世，而他們的名字也終究沒在人們的心中消失。而那些自稱君子的人，我衹看見他們大多數不過有個好的開頭，考察他們的最終行事，能夠不順從世俗，不同於小人的卻很少。既然如此，他們又有什麼資格議論八司馬呢？

龍賦

題解 這是一篇託物寄情的小賦。通過描述龍能隱能顯、不可馴服的性格和知己知時的卓識，表現了作者積極的處世態度和宏大的襟懷抱負。此賦以龍德自況，通篇采用隱喻手法，以龍喻人，託物言志，生動形象，是一篇饒有趣味的寓言。

原文 龍之爲物，能合能散，能潛能見①，能弱能強，能微能章②。惟不可見，所以莫知其鄉；惟不可畜，所以异於牛羊。變而不可測，動而不可馴，則常出乎害人，而未始出乎害人③，夫此所以爲仁④；爲仁無止，則常至乎喪己⑤，而未始至乎喪己，夫此所以爲智。止則身安，曰惟知幾⑥；動則利物，曰惟知時⑦。然則龍終不可見乎？曰：與爲類者常見之。

注釋 ①潛：隱藏。見：同「現」，出現，顯露。②章：通「彰」，顯明。③「則常」二句：龍被誣以「常出乎害人」之惡名，實際上不曾害人。王安石實行新法，旨在富國強民，但被反對派誣爲「誤國害民」。作者以龍德自況，寄慨遙深。未始，不曾。④爲：稱作。⑤喪己：使自己受損失。⑥幾：事情的徵兆。⑦時：時勢。

蘇軾

作者簡介 蘇軾（一〇三七—一一〇一），北宋著名文學家。字子瞻，號東坡居士，眉山（今屬四川）人。宋仁宗嘉祐二年（一〇五七）進士。歷任河南福昌縣主簿、陝西鳳翔判官、殿中丞。神宗時，因反對王安石新法，求為外任，先後到杭州、密州、徐州、湖州等地做地方官。元祐中，曾被起為翰林學士知制誥，後終被貶至瓊州。直至徽宗即位，遇赦北還，死於常州途中。卒謚「文忠」。

蘇軾是北宋後期宋代詩文革新運動的領袖，「唐宋八大家之一」，詩、詞、文、書、畫都冠絕當代。其散文縱橫馳騁，汪洋恣肆，雄辯博放，文筆流暢，如行雲流水，有強烈的藝術感染力，代表了宋代散文的最高成就。

留侯論①

題解 作者突破陳說，自出新意，一掃黃石公授書的神秘色彩，指出這是秦末隱士有意啟迪張良，教會他「忍」，促使他在楚漢戰爭中執行正確的策略。全篇以「忍」字為論題，列舉歷史故實，正反對比，由老人教張良以能忍，說到張良教劉邦以能忍，反復闡明忍的重要性，從而證明「忍小忿而就大謀」是張良輔佐劉邦滅秦楚以興漢的關鍵因素。

文章立意新穎，能從常見的史料引出獨到的識見，層層闡發論述，雄辯滔滔，騰挪變化，典型地體現了蘇軾議論縱橫捭闔，雄於論辯的特點。

原文

古之所謂豪傑之士者，必有過人之節。人情有所不能忍者，匹夫見辱，拔劍而起，挺身而鬥，此不足爲勇也。天下有大勇者，卒然臨之而不驚②，無故加之而不怒。此其所挾持者甚大③，而其志甚遠也。

夫子房受書於圯上之老人也④，其事甚怪；然亦安知其非秦之世，有隱君子者出而試之。觀其所以微見其意者，皆聖賢相與警戒之義；而世不察，以爲鬼物，亦已過矣。且其意不在書。當韓之亡，秦之方盛也，以刀鋸鼎鑊待天下之士⑤。其平居無罪夷滅者，不可勝數。雖有賁、育⑥，無所復施。夫持法太急者，其鋒不可犯，而其末可乘。子房不忍忿忿之心，以匹夫之力而逞於一擊之間；當此之時，子房之不死者，其間不能容髮，蓋亦已危矣。⑦

千金之子，不死於盜賊，何者？其身之可愛，而盜賊之不足以死也。子房以蓋世之材，不爲伊尹、太公之謀⑧，而特出於荊軻、聶政之計⑨，以僥倖於不死，此圯上老人所爲深惜者也。是故倨傲鮮腆而深折之⑩。彼其能有所忍也，然後可以就大事，故曰：「孺子可教也。」

楚莊王伐鄭，鄭伯肉袒牽羊以逆。莊王曰：「其君能下人，必能信用其民矣⑪。」遂捨之。勾踐之困於會稽，而歸臣妾於吳者，三年而不倦⑫。且夫有報人之志，而不能下人者，是匹夫之剛也。夫老人者，以爲子房才有餘，而憂其度量之不足，故深折其少年剛銳之氣，使之忍小忿而就大謀。何則？非有生平之素，卒然相遇於草野之間，而命以僕妾之役，油然而不怪者，此固秦皇之所不能驚，而項籍之所不能怒也。

觀夫高祖之所以勝，而項籍之所以敗者，在能忍與不能忍之間而已矣。項籍唯不能忍，是以百戰百勝而輕用其鋒；高祖忍之，養其全鋒而待其弊，此子房教之也。當淮陰破齊而欲自王，高祖發怒，見於詞色⑬。由此觀之，猶有剛強不忍之氣，非子房其誰全之？

太史公疑子房以爲魁梧奇偉，而其狀貌乃如婦人女子⑭，不稱其志氣。嗚呼！此其所以爲子房歟！

注釋

①留侯：漢代張良的封號。張良，字子房，漢高祖劉邦的重要謀士，輔佐劉邦滅秦和項羽，建立漢朝。封於留（今江蘇徐州）。見《史記·留侯世家》。②卒然：突然，出其不意。卒，同「猝」。③挾持：這裏指志向抱負。④「夫子房」句：《史記·留侯世家》載，張良讓刺客在博

浪沙中刺殺秦始皇未遂，更名換姓逃到下邳。在橋上遇到一老人，老人故意把鞋子掉到橋下，命令張良撿回給他穿上。張良起初很生氣，後來強忍着照老人所說的做了。老人說：「孺子可教矣。」讓張良五天後早起到橋相會，前兩次因晚於老人受到責備。第三次張良提前等在橋上，於是老人高興地送給他一部《太公兵法》，說：「讀此則爲王者師矣……」圯，橋上。⑤刀鋸鼎鑊：均爲古代殘酷的刑具。鑊，無足的大鼎，即大鍋。⑥賁、育：即孟賁、夏育，二者均爲戰國時著名的勇士。⑦「以匹夫之力」以下五句：《史記·留侯世家》載：張良爲韓貴族，其家五世相韓。韓亡後，張良「悉以家財求客刺秦王，爲韓報仇……得力士，爲鐵椎重百二十斤，秦皇帝東游，良與客狙擊秦皇博浪沙中，誤中副車。秦皇大怒，大索天下，求賊甚急，爲良故也。」⑧伊尹：商朝開國功臣，輔佐湯滅夏建立商朝。太公：即呂尙，周朝開國賢相，助文王、武王滅商，建立周朝。⑨荆軻：戰國時衛人，曾爲燕太子丹刺殺秦王，事敗身亡。聶政：戰國時韓人，爲嚴仲子刺殺韓相俠累，事成毀容自殺而死。⑩鮮腆：無禮的樣子。折：污辱。⑪「楚莊王」以下幾句：《左傳·宣公十二年》載：楚莊王伐鄭，「克之，入自皇門，至於逵路。鄭伯肉袒牽羊以逆，曰：『孤不天，不能事君，使君懷怒，以及敝邑，孤之罪也，敢不唯命聽！……』左右曰：『不可許也，得國無赦。』王曰：『其君能下人，必能信用其民矣，庸可幾乎？』退三十里，而許之乎？」鄭伯：鄭襄公。肉袒：露出上身，表示俯首聽命。⑫「勾踐」以下三句：《左傳·哀公元年》：吳王夫敗越於夫椒，報檇李（越軍曾擊敗吳軍於此）也。遂入越。越子（勾踐）以甲楯五千，保於會稽，使大夫種因吳大宰嚭以行成。……越及吳平。」⑬「當淮陰」以下三句：《史記·淮陰侯列傳》載：劉邦被項羽困在滎陽，韓信破齊，請自立爲王，劉邦大怒，罵曰：「吾困於此，且暮若來佐我，乃欲自立王。」經張良暗示，劉邦方悟此時不能得罪韓信，立即改口道：「大丈夫定諸侯，即爲眞王耳，何以假爲！」於是派人封韓信爲王。淮陰，漢將韓信先被封爲齊王，又爲楚王，後削王爵爲淮陰，終被殺。⑭「太史公」二句：《史記·留侯世家》：「太史公曰：『余以爲其人計魁梧奇偉，至見其圖，狀貌如婦人好女。』」太史公，指漢代史學家司馬遷。

【譯文】在古代稱得上豪杰之士的人，一定具有超越常人的氣度和節操。普通人遇到了難以忍受的事情時，就會撥出劍來，冲上去爭鬥，其實這算不上眞正的勇敢。天下有大智大勇的人，對於意外事件的突然降臨一點也不驚慌，無緣無故對他加以侮辱也能夠不被激怒，這就是因爲他的抱負十分宏大，志向特別高遠的緣故。

張良在圯上接受一位老人贈兵書的傳說，這件事確實太怪誕不經了。那怎麼能知道不是秦代隱居的君子，特意出來考驗張良的呢？看他們各自都有不便道破的深意，是有大智者在相互進行着揣摩和試探。世俗之見把圯上老人看作鬼神本來就已經錯了，還把老人的用意看作是向張良授書就更不對了。當韓國滅亡，秦國正處在強盛的時候，秦國用刀、鋸、鼎、鑊等種種酷刑，來對付天下有才能的人。平白無故遭到殺戮的人，眞是難以計其數。那時即使有古代孟賁、夏育那樣的勇士，也無法施展他們的本領。像秦始皇那樣施行嚴刑峻法非常急切的人，他的鋒芒的確勢不可擋，但是等到他疲憊的時候卻有機可乘。然而少年張良卻不能忍耐一時的激憤，想用個人的力量，在一次阻擊之中逞強。張良雖然僥幸沒有死，但實際上生死之間連一根頭發也容不下，那是何等危險呵！

貴族子弟，不願死於盜賊之中，這是爲什麼？這就是他們懂得生命的可貴，不屑於在同盜賊的相鬥中死去。像張良這樣出類拔萃的人才，不像伊尹和姜太公那樣去深謀遠慮，卻衹想采用荆軻與聶政那樣行刺的小計謀，企圖在僥幸中保存性命，這正是圯上那位老人爲他感到深深惋惜的地方。正因爲如此，老人才故意在他面前擺出高傲無禮的姿態，讓他受到狠狠的刺激，如果能夠忍受下去，他才可能眞正成就一番大事業。而他眞的忍受下來了。所以老人才說：「這小子是可以教好的！」

楚莊王在宣公十二年討伐鄭國時，鄭襄公曾經袒露着上身，牽着羊去迎接他，以表示臣服。楚莊王說：「一國之君能這樣屈己尊人，他的百姓必定信服他并爲他賣命。」於是他下令退兵言和。越王勾踐被吳王夫差困於會稽山上，被迫帶着臣妾到吳國去做人質，在那裏整整三年沒有流露出任何厭倦與不滿的情緒。少時張良雖有復仇大志，卻不能屈己尊人，這不過是凡夫俗子的勇猛。那位圯上老人，認爲張良才智有餘，但擔心他缺乏度量，所以才無情地挫傷他那年輕氣盛的剛強暴躁的

脾氣，讓他能夠忍受那些微不足道的憤怒，而去實現他遠大的謀略。圯上老人與張良平生素不相識，突然在荒野相遇，卻傲慢地命令張良去替他幹奴僕所做的事，而張良卻十分坦然地去做了，一點也沒有驚詫憤怒的情緒，這就說明張良已經成熟了。秦始皇已經不能驚擾他的謀略而使其盲動，項羽也無法使他激怒而去冒險了。

現在來看，劉邦、項羽爭奪天下，最後劉邦之所以能勝，項羽之所以失敗，完全就在於一個能忍耐，一個不能忍耐罷了。項羽正因爲不能忍耐，雖然所向無敵，但他濫用武力，任性暴怒，終歸失敗。劉邦卻能夠忍耐，保存實力發展壯大，等待時機而最後消滅項羽。這完全是張良給他謀劃的結果。後來當淮陰侯韓信奪取齊地之後請求劉邦封他爲王時，劉邦大怒，立刻從言語和面部表現出來。從這裏可以看出，劉邦還是不善於忍耐，要不是張良及時勸阻，他能最終獲得勝利麼？

司馬遷曾想象張良是一位高大奇特的人物，後來才知道他長得相貌和婦人女子一般，覺得相貌與他的志向和氣節一定也不相稱，其實這正是張良的過人之處。

教戰守策①

題解　宋仁宗嘉祐六年（一〇六一），蘇軾應制科舉考試，作《進策》二十五篇，本文即是其中一篇。在這篇策論中，作者針對北宋仁宗嘉祐年間海內習於安逸的情況，提出了「知安而不知危，能逸而不能勞」的中心論點，并反復闡述教民講

武的好處，啟發人們居安思危，能逸能勞。這對我們來說，仍有現實意義。

文章緊扣中心論點，條分縷析，逐層剝脫，由虛到實，由古到今，運用對比和比喻等多種筆法，反復論證重視教戰守的原因以及如何進行教戰守的問題，說理透闢，雄辯滔滔，博采史事，情理并注，是一篇優秀的論說文。

原文 夫當今生民之患[2]，果安在哉？在於知安而不知危，能逸而不能勞。此其患不見於今，而將見於他日。今不爲之計，其後將有所不可救者。

昔者先王知兵之不可去也[3]，是故天下雖平，不敢忘戰。秋冬之隙，致民田獵以講武，教之以進退坐作之方[4]，使其耳目習於鐘鼓、旌旗之間而不亂，使其心志安於斬刈、殺伐之際而不懾[5]。是以雖有盜賊之變，而民不至於驚潰。及至後世，用迂儒之議，以去兵爲王者之盛節；天下既定，則卷甲而藏之。數十年之後，甲兵頓弊[6]，而人民日以安於佚樂，卒有盜賊之警，則相與恐懼訛言，不戰而走。開元、天寶之際[7]，天下豈不大治？惟其民安於太平之樂，豢於游戲、酒食之間[8]，其剛心勇氣，銷耗鈍眊[9]，痿蹶而不復振[10]。是以區區之祿山一出而乘之[11]，四方之民，獸奔鳥竄，乞爲囚虜之不暇，天下分裂，而唐室固以微矣。

蓋嘗試論之：天下之勢，譬如一身。王公貴人，所以養其身者，豈不至哉？

而其平居常苦於多疾。至於農夫小民，終歲勤苦，而未嘗告病。此其故何也？夫風雨、霜露、寒暑之變，此疾之所由生也。農夫小民，盛夏力作，而窮冬暴露，其筋骸之所沖犯，肌膚之所浸漬，輕霜露而狎風雨，是故寒暑不能爲之毒。今王公貴人，處於重屋之下[12]，出則乘輿，風則襲裘，雨則禦蓋[13]。凡所以慮患之具，莫不備至。畏之太甚，而養之太過，小不如意，則寒暑入之矣。是故善養身者，使之能逸而能勞，步趨動作，使其四體狃於寒暑之變[14]；然後可以剛健強力，涉險而不傷。夫民亦然。今者治平之日久，天下之人，驕惰脆弱，如婦人孺子，不出於閨門。論戰鬥之事，則縮頸而股栗；聞盜賊之名，則掩耳而不願聽。而士大夫亦未嘗言兵，以爲生事擾民，漸不可長。此不亦畏之太甚，而養之太過歟？

且夫天下固有意外之患也。愚者見四方之無事，則以爲變故無自而有，此亦不然矣。今國家所以奉西北之虜者[15]，歲以百萬計。奉之者有限，而求之者無厭，此其勢必至於戰。戰者，必然之勢也。不先於我，則先於彼；不出於西，則出於北。所不可知者，有遲速遠近，而要以不能免也。天下苟不免於用兵，而用之不以漸，使民於安樂無事之中，一旦出身而蹈死地，則其爲患必有不測。故曰：天下之民，知安而不知危，能逸而不能勞，此臣所謂大患也。

臣欲使士大夫尊尚武勇，講習兵法；庶人之在官者，教以行陣之節；役民之司盜者，授以擊刺之術。每歲終則聚於郡府，如古都試之法⑯，有勝負，有賞罰。而行之既久，則又以軍法從事。然議者必以爲無故而動民，又撓以軍法，則民將不安，而臣以爲此所以安民也。天下果未能去兵，則其一旦將以不教之民而驅之戰。夫無故而動民，雖有小怨，然孰與夫一旦之危哉？

今天下屯聚之兵，驕豪而多怨，陵壓百姓而邀其上者⑰，何故？此其心以爲天下之知戰者，惟我而已。如使平民皆習於兵，彼知有所敵，則固以破其奸謀，而折其驕氣。利害之際，豈不亦甚明歟？

注釋

①策：古代臣子向皇帝陳述政見、進獻謀略的一種文體。②生民：人民。患：禍患。③先王：指三代（夏、商、周）時期的君王。④進退坐作之方：指軍事操練的動作。《周禮·夏官·大司馬》：「以教坐作、進退、疾徐、疏數之節。」鄭玄注：「習戰法。」⑤斬刈：殺戮。⑥頓：通「鈍」，不鋒利。⑦開元、天寶：唐玄宗李隆基的年號（七一三—七五六）。開元、天寶間爲唐朝政治安定、經濟繁榮的時期，史稱「開元盛世」。⑧豢：養。⑨鈍眊：動作遲鈍，眼睛模糊。眊，目不明，引申爲神智昏憒糊塗。⑩痿蹶：委頓，衰竭。⑪祿山：即安祿山，營州柳城（今天遼寧朝陽）人。安史之亂的發動者，原爲唐平盧、範舊、河東節度使，天寶末年起兵叛亂，攻陷

長安，自稱燕帝。後爲其子安慶緒所殺。⑫重屋：指高大的房屋。《周禮·冬官考工記下》：「殷人重屋。」⑬禦蓋：打傘。⑭狃：習以爲常。⑮西北之虜：指西夏和契丹。西，指西夏。北，指北方的契丹。虜，古代漢族對少數民族的蔑稱。宋仁宗慶曆年間輸遼歲幣增爲銀二十萬兩，絹三十萬匹；輸西夏歲幣，計銀、綺、絹、茶等二十五萬五千。⑯都試之法：漢代一種制法。每年秋季集合官兵在都城作軍事演習。《漢書·韓延壽傳》：「春秋鄉射，陳鐘鼓管弦，盛陞降揖讓，及都試講武；設斧鉞旌旗，習射御之事。」⑰邀：同「要」，這裏指要挾，劫持。

譯文

當今人民的禍患究竟在哪裏呢？在於衹知道自己處於和平的環境中，卻不知道其中隱藏的危險，在於衹知道享受安逸卻不能吃苦耐勞。這種禍患現在還沒有顯現出來，但是將來會顯露出來。現在不爲這種情況考慮對策，以後將會出現無法挽救的局面。

從前，古代帝王懂得軍備是不可以解除的，所以天下雖然太平，也不敢忘記戰備。秋冬農閑的時候，就召集百姓到野外打獵來習武練兵。教會他們如何前進、後退、跪下、起立的方法，使他們的耳朵聽慣戰鼓的響聲、眼睛看慣戰旗飄揚，不會一聽見鼓響、一看見戰旗就心慌意亂，使他們面對殺戮而心中安然不怕。因此即使出現了盜賊興起的變亂，百姓也不會驚恐潰散。等到後世，君主們采用了迂腐儒生的建議，把解除軍備當做君王應該實行的英明措施，天下安定以後，就把鎧甲收藏起來。幾十年以後，鎧甲兵器都已經不能用了，百姓也一天一天地習慣於安閑游樂的生活；一旦

突然傳來盜賊的緊急情況，就彼此惶恐，輕信謠言，不戰而逃。唐朝開元、天寶年間，天下難道不是很安定嗎？就是因爲那時百姓習慣於過太平安樂的日子，成天在吃喝玩樂中生活，他們剛強的意志和勇氣，全部給消耗盡了，萎縮衰頹，振作不起來。因此小小的安祿山一旦乘機作亂，四方的百姓就像鳥獸一樣到處奔跑逃竄，乞求作囚犯和俘虜都不可能；天下四分五裂，而唐王朝當然因此而衰敗了。

我曾試着論述這個問題：天下的形勢好比是一個人的身體。王公貴人用來保養他們身體的方法，難道不是非常周到嗎？可是他們平時卻常因爲多病而苦惱。至於農夫平民，終年勤勞辛苦，卻不曾生病。這是什麼原因呢？風雨、霜露、寒暑的變化，這是人產生疾病的原因。那些種田的老百姓，在酷熱的夏天盡力耕作，而到了冬天極冷的時候仍然在野外勞動，風霜冲犯他們的筋骨，雨露浸泡他的皮膚，可他們卻對風霜雨露毫不在乎，所以寒冬炎暑不能使他們生病。如今那些王公貴人平時住在樓閣裏，出門就坐車，刮風就加上皮襖，下雨就打雨傘，凡是能夠用來預防疾病的工具無不應有盡有。他們對病害怕得太厲害，保養自己的身體也有些過分，稍有不慎，寒暑之氣就會侵入他們的肌體。因此，善於保養身體的人，使自己能逸能勞，能走能跑，能做各種動作，使身體適應寒暑的變化。這樣才能夠強健有力，經歷危險的事情也不會受到損害。老百姓的情形也是這樣。如今天下太平的日子久了，天下的人衹知享樂、怠惰，脆弱得很，就像從不出家門的婦女兒童一樣。一談起打仗的事就嚇得縮着脖子、兩腿發抖；一聽說盜賊的名字，就捂住耳朵不願意聽。而那些士大夫也從不談軍事方面的事，認爲這是生事，打擾老百姓的生活，一有苗頭就要制止。這種情況不是對打仗的事害怕得太厲害和對自己保養得太過分了嗎？

況且天下本來就有意想不到的禍患。不明事理的人看到天下太平無事，就認爲意外的事變無從發生，這種看法也是不對的。現在國家用來奉送給西夏和契丹的財物，每年要以百萬來計算。奉送的財物是有限的，而索取財物的人卻沒有滿足的時候，這樣雙方勢必會發生戰爭。戰爭，是必然的趨勢。不是從我方開始，便從敵方開始，不是從西夏開始，便是從契丹開始。所不知道的，衹是戰爭發生得慢一些還是快一些，是發生在遠處還是發生在近處。但總歸是不可能避免的。如果天下不能避免戰爭，可又不讓打仗的人經過逐步訓練，漸漸適應戰爭，而是使他們從平靜安樂的生活環境，一下子就投身於出生入死的戰場，必定會有意想不到的災禍。所以說，天下的百姓衹知道安居之樂，而不知危急之害；衹能享受安逸，而不能勞累吃苦，這就是我所說的大患。

我希望士大夫都提倡武勇精神，講求研習兵法，對在官府服役的鄉兵，教他們編排行列、布置陣勢的規則；對那些負責緝捕盜賊的差役，教授給他們拼殺的武術。每到年底就把他們集中到郡府，像古代那樣演習武事，評定勝負，有賞有罰。等實行很久以後，再按照作戰的方法進行操練。但是我知道這樣做議論的人一定會認爲這是無故地驚動百姓，而且又按作戰的方法訓練來困擾他們，那麼百姓將會不安定；可是我認爲這樣做正是使百姓安定的好辦法啊。國家如果眞的不能免於戰爭，又不訓練百姓，那麼豈不是有朝一日必將驅使未訓練的百姓讓他們打仗嗎？無故而有時召集百姓進行訓練，即使有些小的恐慌，怎能和那突然發生的危險相比呢？

現在國家駐扎在地方上的軍隊，驕橫又多怨氣，欺壓百姓，要挾他們的上司，爲什麼呢？這是因爲他們思想上認爲天下會打仗的，祇有我們而已。如果使一般百姓都學習武事，那麼他們知道還有對手存在，那就一定會破除他們奸詐的圖謀并且挫折他們驕橫的氣焰，這種措施利害的分界，難道不是很清楚嗎？

石鐘山記①

題解 這是一篇帶有考辯性質的游記，是歷來傳誦的名篇。作者先對酈道元、李渤就石鐘山命名緣由所作的解釋提出疑問，後自然轉入游覽探索過程。通過對石鐘山得名的真實原因的探究，提出「事不目見耳聞，而臆斷其有無」的著名論斷。說明祇有經過調查研究，探根求源，才能獲得正確的認識。

文章寫景奇偉，結構嚴密，筆法流暢，詩情畫意和思致理趣有機地融為一體。如記月夜乘舟游絕壁一段，以靈動而視角多變的筆法，繪聲繪色地刻畫出了石鐘山的奇特夜景，生動逼真，語言峭拔，境界幽森，使人有身臨其境之感。

原文 《經》云②：「彭蠡之口③，有石鐘山焉。」酈元以爲下臨深潭④，微風鼓浪，水石相搏，聲如洪鐘。是說也，人常疑之。今以鐘磬置水中⑤，雖大風浪，不能鳴也，而況石乎？至唐李渤始訪其遺蹤⑥，得雙石於潭上，扣而聆之，南聲函胡⑦，北音清越⑧，枹止響騰⑨，餘韻徐歇，自以爲得之矣。然是說也，余尤疑之。石之鏗然有聲者⑩，所在皆是也，而此獨以「鐘」名，何哉？

元豐七年六月丁丑⑪，余自齊安舟行適臨汝⑫，而長子邁將赴饒之德興尉⑬，送之至湖口⑭，因得觀所謂石鐘者。寺僧使小童持斧於亂石間擇其一二扣之，硿硿然⑮，餘固笑而不信也。至其夜，月明，獨與邁乘小舟至絕壁下。大石側立千尺，如猛獸奇鬼，森然欲搏人，而山上栖鶻，聞人聲亦驚起，磔磔雲霄間⑯。又有若老人欬且笑於山谷中者，或曰：「此鸛鶴也⑰。」余方心動欲還，而大聲發於水上，噌吰如鐘鼓不絕⑱，舟人大恐。徐而察之，則山下皆石穴罅⑲，不知其深淺，微波入焉，涵澹澎湃而爲此也⑳。舟回至兩山間，將入港口，有大石當中流，可坐百人，空中而多竅，與風水相吞吐，有窾坎鏜鞳之聲㉑，與向之噌吰者相應，如樂作焉。因笑謂邁曰：「汝識之乎㉒？噌吰者，周景王之無射也㉓；窾坎鏜鞳者，魏莊子之歌鐘也㉔。古之人不余欺也！」

事不目見耳聞而臆斷其有無㉕，可乎？酈元之所見聞，殆與餘同㉖，而言之不詳。士大夫終不肯以小舟夜泊絕壁之下，故莫能知，而漁工水師雖知而不能言，此世所以不傳也。而陋者乃以斧斤考擊而求之㉗，自以爲得其實。余是以記之，蓋嘆酈元之簡，而笑李渤之陋也。

注釋

①石鐘山：在今江西省湖口縣鄱陽湖東岸。②《經》：指《水經》，書名，是我國古代的地理著作。舊說爲漢代桑欽所著，東漢後曾有補充，至三國魏時始完備。又說爲西晉郭璞所著。北魏酈道元作注，爲《水經注》。③彭蠡：即鄱陽湖，在今江西省北部。④酈元：即酈道元，字善長，北魏範陽涿鹿（今河北涿鹿南）人，我國古代著名的地理學家。注《水經》。⑤磬：古代打擊樂器。⑥李渤：字濬之，唐代洛陽人。曾做過江州（今江西九江一帶）刺史，曾著有《辨石鐘山記》。⑦南聲：宮聲。古代將樂音分爲宮、商、角、徵、羽五個音調，謂之「五聲」，并以南、北、東、西、中央五方相配。函胡：同「含糊」，重濁而含混。⑧北音：商聲。清越：清脆悠揚。⑨枹：木制的鼓槌。騰：揚起。⑩鏗然：形容敲擊金石發出的聲音。⑪元豐七年：公元一〇八四年。⑫齊安：今湖北黃岡。適：往。臨汝：今河南臨汝。⑬邁：蘇邁，字伯達，蘇軾長子。饒：州名，州治在今江西波陽。德興：今江西德興，當時屬饒州。尉：縣尉，主管一縣治安。⑭湖口：今江西省湖口縣。⑮硿硿：象聲詞，石塊撞擊的聲音。⑯磔磔：象聲詞，鳥鳴聲。⑰鸛鶴：形似鶴，嘴尖、頸長，全身灰白，頂部不紅，常活動於水旁，在高樹上築巢。⑱噌吰：形容鐘聲洪亮。⑲罅：縫隙，裂縫。⑳涵澹：水波激蕩的樣子。㉑窾坎鏜鞳：指鐘鼓聲。㉒識：通「志」，記住。㉓周景王：公元前五四四至前五二〇在位，周靈王之子，姬姓名貴。無射：鐘名，古代的一種樂器。相傳成於周景王二十四年（公元前五二一），見《國語·周語》。㉔魏莊子：名絳，謚號莊子，春秋時晉悼公大夫。《左傳》襄公十一年記載，晉侯把鄭國送來的歌鐘等樂器的半數贈給魏絳。歌鐘：編鐘，古代樂器。㉕臆斷：憑主觀猜測判斷。㉖殆：大概。㉗陋者：見識淺陋的人。斤：與斧同義。

譯文

《水經》上說：「彭蠡湖口有一座石鐘山。」酈道元認爲山的下面接近深潭，微風吹動波浪時，水波和石頭互相撞擊，發出的聲音如叩擊大鐘一樣洪亮。這種說法，人們常常懷疑它。現在把鐘和磬放到水裏，即使風浪再大也不能使它發出聲音來，何況是石頭呢？到了唐代，李渤才開始探查石鐘山的遺迹，他在潭中找到兩塊山石，敲着聽它的聲音，南邊的那塊聲音重濁模糊，北邊那塊聲音清脆響亮，鼓槌的敲擊停止了，響聲仍在傳播，餘音繚繞，慢慢地消失。李渤自認爲找到了石鐘山命名的原因。但對這種說法，我更加懷疑。能敲得發出鏗鏘聲音的山石，到處都有，唯獨這座山用「鐘」來命名，爲什麼呢？

元豐七年農曆六月初九日，我從齊安乘船到臨汝，而大兒子蘇邁將要到饒州德興縣做縣尉。我送他到鄱陽湖口，因此有機會能夠看到人們所說的石鐘山。山上寺廟裏的和尚讓小童拿一柄斧頭，在亂石中間挑選了一兩塊，敲起來硿硿作響。我衹笑笑，并不相信。到了晚上，月色明亮，我單獨和蘇邁坐小船來到陡峭的山岩下面。衹見巨大的石壁傾斜矗立着，高達千尺，好像猛獸惡鬼，陰森森的就象要向人撲過來。而山上栖息的猛禽，聽到人聲也受驚飛起，在高空中磔磔地叫着。還有像老人又咳又笑的聲音在山谷中回響，有人說這是鸛鶴。我正心中驚恐，準備返回，忽然聽見巨大的聲響從水上發出，轟轟作響，像鐘鼓的聲音連續不斷。船夫非常害怕。我仔細地觀察，發現山下都是石洞和石縫，不知它們的深淺，微小的水波冲進去，動蕩撞擊，便形成這種聲音。當我們坐船回到兩座山的中間，將要進入港口時，有一塊大石頭矗立在水流中央，上面可以坐一百多人，大石的中間是空的，而且還有很多小窟窿，不斷地把江風水浪吞進吐出，發出如同撞擊鐘鼓一樣的聲音，與剛才聽到的轟鳴聲相呼應，如同奏樂一般。我因而笑着對蘇邁說：「你知道嗎？這轟隆的聲音，象周景王的無射鐘發出的；鐘鼓齊鳴聲，又象是魏莊子的歌鐘所發出的。古人把這座山稱作石鐘山，并沒有欺騙我們啊！」

事情不親眼看到、親耳聽到，而衹是憑主觀想象去判斷它的有無，可以嗎？酈道元的所見所聞大概與我相同，但說得不詳細。一般士大夫們總不願親自坐着小船夜泊峭壁之下來仔細觀察，所以不可能知道。而漁民船夫，雖然知道這個奥秘卻表達不出來。這就是石鐘山命名的由來沒有流傳於世的原因。而見識淺陋的人，竟用斧頭敲擊石頭的方法來探求石鐘山命名的原因，還自以爲得到了眞相。我把它記下來，是因爲嘆惜酈道元記載的簡略，嘲笑李渤見識的淺陋。

喜雨亭記

題解 這是一篇别具格調的亭臺記，寫於作者鳳翔簽判任上。文章由亭名破題，并列三個歷史典故，闡明以「喜雨」名亭的重要意義。繼而寫建亭的經過，渲染人逢天降甘霖之喜樂。再敘亭上宴飲，通過主客問答，説明久旱逢雨對社會民生的意義。篇末以歌收結，把此雨歸之自然。這樣由亭引雨，由雨至喜，由喜而贊，層層遞進，表現了作者關心農事，關心民生，積極入世的精神。文筆活波，文情輾轉生發，波瀾起伏，富於變化。

原文 亭以雨名，志喜也①。古者有喜則以名物，示不忘也。周公得禾，以名其書②；漢武得鼎，以名其年③；叔孫勝狄，以名其子④。其喜大小不一，示其不忘一也。

予至扶風之明年⑤，始治官舍。爲亭於堂之北，而鑿池其南，引流種樹，以爲休息之所。是歲之春，雨麥於岐山之陽⑥，其占爲有年。既而彌月不雨，民方以爲憂。越三月⑦，乙卯乃雨，甲子又雨，民以爲未足。丁卯大雨，三日乃止。官吏相與慶於庭，商賈相與歌於市，農夫相與忭於野⑧，憂者以樂，病者以愈，而吾亭適成。

於是舉酒於亭上而以屬客⑨，而告之，曰：「五日不雨可乎？」曰：「五日不雨則無麥。」「十日不雨可乎？」曰：「十日不雨則無禾。」「無麥無禾，歲且薦饑⑩，獄訟繁興而盜賊滋熾。則吾與二三子，雖欲優游以樂於此亭，其可得耶？今天不遺斯民，始旱而賜之以雨，使吾與二三子，得相與優游以樂於此亭者，皆雨之賜也。其又可忘耶？」

既以名亭，又從而歌之。曰：「使天而雨珠，寒者不得以爲襦⑪；使天而雨玉，饑者不得以爲粟。一雨三日，伊誰之力⑫？民曰太守⑬。太守不有；歸之天子，天子曰不然；歸之造物，造物不自以爲功；歸之太空，太空冥冥，不可得而名，吾以名吾亭。」

注釋 ①志：記。②「周公得禾」二句：《尚書·周書·微子之命》：「唐叔得禾，异畝同穎，獻諸天子。王命唐叔，歸周公於東，作《歸禾》。周公既得命禾，旅天子之命，作《嘉禾》。」《嘉禾》、《歸禾》爲《尚書》篇名，均佚。③「漢武得鼎」二句：《史記·孝武本紀》載漢武帝元狩七年（前一一六）夏天六月得寶鼎於汾水之上，遂改年號爲元鼎元年。④「叔孫勝狄」二句：《左傳》載魯文公十一年（前六一六），狄人侵魯，魯文公使叔孫得臣追之，擊敗狄軍，俘獲其國君僑如，於是給自已的兒子取名爲「僑如」。⑤扶風：即鳳翔府，治所在今陝西鳳翔。蘇軾曾於宋仁宗嘉祐六年（一〇六一）任鳳翔府簽判。⑥雨：作動詞用，如雨下。岐山：在今陝西岐山東北。⑦越三月：過了三月。⑧忭：歡樂。⑨屬：酌酒勸客。⑩薦饑：連年饑荒。這裏指麥禾不熟。薦：一再，屢次。⑪襦：短衣，短襖。⑫伊：語助詞。⑬太守：郡的長官。宋時改郡爲州或府，但太守仍用作「知州」或「知府」的別稱。

譯文 亭子用「雨」來命名，是爲了紀念喜慶之事。古代的人有了喜事，就用來給事物命名，表示永不忘懷的意思。周公得到天子賞賜的稻禾，便用「嘉禾」作爲他文章的篇名；漢武帝得了寶鼎，便用「元鼎」稱其年號；叔孫得臣打敗狄人僑如，便用被俘首領的名字爲自已的兒子取名。他們的喜事大小不一樣，但表示永不忘懷的用意卻是一致的。

我到扶風的第二年，才開始修建官邸。在廳堂的北面建了一座亭子，又在南面鑿了一口池塘，引來流水種上樹木，把它當作休息的場所。這年春天，在岐山的南面天降麥粒，占卜預測後認爲今年是個好年成。然而此後整月沒有下雨，百姓才開始憂慮起來。到了三月的乙卯日才下了一場雨，甲子日又下雨，百姓們認爲下得還不夠。丁卯日又下了大雨，三天才停。官吏們在院子裏一起慶賀，商人們在集市上一起歡唱，農夫們在野地裏興高采烈，憂愁的人因而高興，生病的人因而痊愈，而我的亭子也恰好建成了。

於是，我在亭子裏擺下宴席，向客人舉杯勸酒，又問他們：「五天不下雨可以嗎？」他們說：

「五天不下雨，就長不成麥子了。」「十天不下雨可以嗎？」「十天不下雨就養不活稻子了。」「沒有麥沒有稻，今年就鬧饑荒，訴訟案件多了，而盜賊也猖獗起來。那麼我與你們即使想在這亭子上游玩享樂，又怎麼可能呢？現在上天不遺弃這裏的百姓，剛有旱象便降下雨來，使我與你們能夠一起在這亭子上游玩賞樂。都是靠這雨的恩賜啊！又怎麼能忘掉呢？」

給亭子命名以後，又接着來歌唱此事：「假使上天降下珍珠，貧寒的人不能用來做棉襖；假如上天降下白玉，饑餓的人不能把它當作糧食。一場雨下了三天，這是誰的功勞？百姓說是太守，太守說沒有這力量。歸功於天子，天子也否認。歸之於造物主，造物主也不把它當作自己的功勞，歸之於太空，而太空冥然飄渺，不能來命名，我因而用『喜雨』來命名我的亭子。」

超然臺記

題解 本文以「超然」二字立骨，從正反兩方面論證了世上事物「皆有可樂」的道理，抒發了作者隨緣自適、超然物外、無往而不樂的曠達襟懷。

文章以論說哲理發端，闡述「人」與「物」的關係，由物及人，由人及情，由情入理，提出了「游於物外」與「游於物內」的差別。其後方敘寫建造舊臺的背景和經過，再寫登臺之樂，抒發懷古感今之情，篇末點題歸結。全文以理為主，由理而入事，脈絡井然，行文流暢，是蘇軾記體文的代表作。

原文 凡物皆有可觀。苟有可觀，皆有可樂，非必怪奇瑋麗者也。餔糟啜醨①，皆可以醉；果蔬草木皆可以飽。推此類也，吾安往而不樂。

夫所爲求福而辭禍者，以福可喜而禍可悲也。人之所欲無窮，而物之可以足吾欲者有盡，美惡之辨戰乎中②，而去取之擇交乎前。則可樂者常少，而可悲者常多。是謂求禍而辭福。夫求禍而辭福，豈人之情也哉？物有以蓋之矣③。彼游於物之內，而不游於物之外。物非有大小也，自其內而觀之，未有不高且大者也。彼挾其高大以臨我，則我常眩亂反復，如隙中之觀鬥，又焉知勝負之所在。是以美惡橫生④，而憂樂出焉，可不大哀乎？

余自錢塘移守膠西⑤，釋舟楫之安，而服車馬之勞；去雕牆之美，而蔽采椽之居⑥；背湖山之觀，而行桑麻之野。始至之日，歲比不登⑦，盜賊滿野，獄訟充斥；而齋廚索然，日食杞菊。人固疑余之不樂也。處之期年⑧，而貌加豐，發之白者，日以反黑。余既樂其風俗之淳，而其吏民亦安予之拙也。於是治其園圃，潔其庭宇，伐安丘、高密之木以修補破敗⑨，爲苟完之計。而園之北，因城以爲臺者舊矣，稍葺而新之⑩。時相與登覽，放意肆志焉。南望馬耳、常山⑪，出沒隱見，若近若遠，庶幾有隱君子乎！而其東則盧山⑫，秦人盧敖之所從遁也⑬。西望穆陵⑭，隱然如城郭，師尚父、齊威公之遺烈⑮，猶有存者。北俯濰水⑯，慨然太息，思淮陰之功⑰，而吊其不終。臺高而安，深而明，夏涼而冬溫。雨雪之朝，風月之夕，餘未嘗不在，客未嘗不從。擷園蔬⑱，取池魚，釀秫酒⑲，瀹脫粟而食之⑳，曰：「樂哉游乎！」

方是時，予弟子由㉑，適在濟南㉒，聞而賦之，且名其臺曰「超然」，以見予之無所往而不樂者，蓋游於物之外也。

注釋 ①餔：食。糟：酒渣。啜：飲。醨：淡酒。《楚辭·漁父》載：「衆人皆醉，何不食其糟而啜其醨？」②中：內心。③蓋：掩蓋。④横生：横逸而出。⑤錢塘：縣名，宋時杭州府治所，今浙江杭州。膠西：漢置膠西郡，宋爲密州，今山東膠縣、高密一帶。蘇軾於熙寧七年（一〇七四）調任密州知州。⑥采椽：櫟木或柞木椽。⑦歲比不登：糧食連年歉收。歲，年。比，連着。登，收成。⑧期年：滿一年。⑨安丘：縣名，在今山東安丘。高密：縣名，在今山東高密。⑩葺：修葺。⑪馬耳、常山：山名，兩山都在山東諸城南。⑫盧山：山名，在密州城東。⑬盧敖：燕國人，秦始皇時召爲博士，使其求仙不得，遂隱於密州盧山。⑭穆陵：關名，故址在今山東臨朐南大峴山上。春秋時爲齊國南境。⑮師尚父：即呂尚，輔佐周武王有功，被尊爲師尚父，封於齊。齊威公：即齊桓公，春秋五霸之一。南宋人編印東坡文集時因避宋欽宗（趙桓）名諱而改。⑯濰水：即今濰河，在山東省東部。⑰淮陰：指西漢淮陰侯韓信，輔佐劉邦定立天下有功，被封爲淮陰侯。曾於濰水破援齊的楚軍二十萬。漢初因謀反罪被殺。⑱擷：采，摘。⑲秫：粘性谷類的通稱。⑳瀹：煮。脫粟：即脫去糠秕的米。㉑子由：蘇軾弟蘇轍，字子由。當時在齊州任掌書記。㉒濟南：府名，宋政和六年（一一一六）陞濟州置府，治所在歷城（今山東濟南）。

譯文 一切事物都有值得觀賞的地方。如果事物有可觀賞的價值，就會有令人快樂之處，不一定非要是奇异怪特、偉大壯美的東西不可。吃酒糟、喝薄酒都可以使人醉倒；水果、蔬菜和草木，都可以讓人吃飽肚子。以此類推，我到什麼地方去不會感到快樂呢？

人們之所以追求幸福而躲避災禍，是因爲幸福能帶來快樂而災禍會引起悲傷。人的欲望是無窮的，而能滿足我們欲望的事物卻是有限的。好壞的辨別在心中爭論不已，取捨的選擇擺在面前，這樣可樂的事情常常很少，可悲之處常常很多。這叫作追求災禍而躲避幸福，難道是人之常情嗎？這是外物蒙蔽了人心呀！他們沉溺於事物之中，而不能超脫於事物之外。事物本身并無大小之別，從每個事物內部來看，沒有一個不是又高又大。它們以高大的形象對我居高臨下，那麼我常常會眼花繚亂，不知如何是好，如同在隙縫中看人爭鬥，又怎麼能知道誰勝誰負？這樣一來，好壞之辨交相產生，憂愁和快樂也就隨之出現了，這不是極大的悲哀麼？

我從錢塘調到膠西密州任知州，失去了坐船的安逸，忍受坐車騎馬的辛苦；離開了雕梁畫棟的美宅，而栖息於簡陋的房屋；離開了湖光山色的景觀，而行走在種植桑麻的原野。剛到的時候，連年收成不好，盜賊四起，訴訟案件繁多，而廚房內空空如也，每天衹吃些枸杞、菊花之類的東西，人們自然疑心我會不快樂。但在這裏住了一年，我的容貌變得更加豐潤，白頭發也一天天變黑。我已經很喜歡這裏的風俗淳厚，而這裏的官員百姓也習慣於我的笨拙質樸。於是，我修整花園菜圃，打掃了庭院屋宇，砍伐安丘、高密縣的樹木來修補破敗的地方，做好了苟且安身的打算。在園子的北面，靠着城牆而造的亭臺已經很舊了，我稍稍修理一下，使它煥然一新。我常常和大家一起登臺觀覽，無拘無束地縱情歡樂。向南望去，馬耳山、常山在雲霧中忽隱忽現，若遠若近，或許那裏有隱居的高人吧？高臺的東面是廬山，就是秦朝人盧敖逃遁隱匿的地方。往西看穆陵關，隱隱約約地像一堵城牆，姜太公、齊桓公留下的赫赫功業還留有遺迹。向北俯視濰水，唏嘘感嘆，追思淮陰侯的功績，哀悼他不得善終。這座臺子高大而穩固，深廣而明亮，夏天涼爽而冬季溫暖。不論是雨灑雪飄的清晨，還是風清月明的夜晚，我沒有不去的。客人也都會跟我來。我們采摘園子裏的蔬菜，捕撈池裏的活魚，釀高粱酒，煮糙米飯，邊吃邊說：「在這裏游玩是多麼開心啊！」

這時，我弟弟子由正好在濟南，聽說之後便寫了一篇賦，并且給這座臺子命名爲「超然」，由此可見，我無時無處都能找到快樂，是由於超然於物外啊！

放鶴亭記

題解 《放鶴亭記》是蘇軾於宋神宗十一年（一〇七八）任徐州知府時為隱士張天驥修建的放鶴亭寫的「記」。文章先敘事釋題，從描繪亭的地理環境及周圍景物入手；繼而由亭及人，寫游亭的感觸。通過與山人的對話，揭示山林隱逸之趣；最後抒情，以雲龍山人高逸曠達的放鶴招鶴之歌作結。

文章旨在反映隱士之樂，但并不直接寫隱士，而主要寫鶴的生活習性，并以「酒」作陪襯，從而說明隱居之樂勝於南面為君之樂的道理。全文由事及景，由景入理，融紀事、抒情、思辨與一體，敘次井然，意脈流暢而完整。

原文 熙寧十年秋①，彭城大水②，雲龍山人張君之草堂③，水及其半扉。明年春，水落，遷於故居之東，東山之麓。陞高而望，得异境焉，作亭於其上。彭城之山，岡嶺四合，隱然如大環，獨缺其西十二，而山人之亭適當其缺。春夏之交，草木際天；秋冬雪月，千里一色；風雨晦明之間，俯仰百變。山人有二鶴，其馴而善飛，旦則望西山之缺而放焉。縱其所如，或立於陂田④，或翔於雲表，暮則傃東山而歸⑤。故名之曰「放鶴亭」。

郡守蘇軾時從賓客僚吏⑥，往見山人，飲酒於斯亭而樂之。挹山人而告之曰：「子知隱居之樂乎？雖南面之君，未可與易也。易曰：『鳴鶴在陰，其子和之⑦。』詩曰：『鶴鳴於九皋，聲聞於天⑧。』蓋其爲物，清遠閑放，超然於塵垢之外，故《易》、《詩》人以比賢人君子、隱德之士。狎而玩之，宜若有益而無損者，然衛懿公好鶴則亡其國⑨。周公作《酒誥》⑩，衛武公作《抑戒》⑪，以爲荒惑敗亂無若酒者，而劉伶阮籍之徒⑫，以此全其真而名後世。嗟夫！南面之君，雖清遠閑放如鶴者，猶不得好，好之則亡其國；而山林遁世之士，雖荒惑敗亂如酒者，猶不能爲害，而況於鶴乎。由此觀之，其爲樂未可以同日而語也。」山人欣然而笑曰：「有是哉？」乃作放鶴招鶴之歌曰：

鶴飛去兮，西山之缺。高翔而下覽兮，擇所適。翻然斂翼，宛將集兮，忽何所見，矯然而復擊。獨終日於澗谷之間兮，啄蒼苔而履白石。鶴歸來兮，東山之陰。其下有人兮，黃冠草屨葛衣而鼓琴⑬。躬耕而食兮，其餘以汝飽。歸來歸來兮！西山不可以久留。

元豐元年十一月初八日記⑭。

注釋

①熙寧十年：指公元一〇七七年，熙寧爲宋神宗年號（一〇六八—一〇七七）。②彭城：今江蘇徐州。③雲龍山：山名，在今徐州城南。張君：即張師厚，字天驥，號雲龍山人。④陂田：山田。陂，山坡。⑤傃：向，向着。⑥郡守：宋代官名，又稱太守，管理一郡政事的長官。此時蘇軾任徐州知州。⑦「鳴鶴」二句：出自《易·中孚》。⑧「鳴鶴」二句：出自《詩經·小雅·鶴鳴》。九皋：深澤。⑨「然衛」句：《左傳·閔公二年》載：「衛懿公好鶴，鶴有乘軒者。將戰，國人受甲者皆曰使鶴，鶴實有祿位，余焉能戰。狄果滅衛。」⑩周公：姓姬，名旦，周武王之弟，成王之叔。《酒誥》：《尚書》篇名，相傳是周公爲告誡康王而作。⑪衛武公：春秋時衛國國君。《抑戒》：《詩經·大雅》篇名。其第三章云：「顛覆厥德，荒湛於酒。」⑫劉伶：晉代沛國人，字伯倫，與阮籍、嵇康等稱爲「竹林七賢」，性放蕩，好酒，著有《酒德頌》。《晉書·劉伶傳》：「劉伶，字伯倫，沛國人也……初不以家產有無介意。常乘鹿車，攜一壺酒，使人荷鍤而隨之，謂曰『死便埋我。』其遺形骸如此。」阮籍：三國時魏國尉氏人，字嗣宗，博學嗜酒，著有《詠懷詩》八十餘首。《晉書·阮籍傳》：「阮籍，字嗣宗，陳留尉氏人……籍本有濟世志，屬魏晉之際，天下多故，名士少有全者，籍由是不與世事，遂酣飲爲常。文帝初欲爲武帝求婚於籍，籍醉六十日，不得言而止……籍聞步兵廚營人善釀，有貯酒三百斛，乃求爲步兵校尉。」⑬黃冠：古代道士所戴束髮之冠，用金屬或木類制成。草屨：草鞋。葛衣：葛布衣服。⑭元豐元年：指公元一〇七八年。元豐爲宋神宗年號（一〇七八—一〇八五）。

譯文

熙寧十年秋，彭城暴發洪水，雲龍山人張天驥的草堂，被水淹到了半門。第二年春天，洪水退去，他搬到故居東面的東山腳下。登高眺望，發現了一塊不同尋常的地方，就在它的上面造了一座亭子。彭城的山，岡巒峰嶺四面圍攏，隱約像一個大圓環，祇缺西邊的十分之二，而雲龍山人的亭子正好建在那個缺口上。春夏兩季交替的時候，青草綠樹漫野接天。秋月冬雪，使廣闊的大地一片潔白。風雨陰晴之間，景色瞬息萬變。山人有兩祇鶴，十分馴順，而且善於飛翔。清晨山人就向着西山的缺口把它們放出去，任由它們飛到什麼地方。它們有時在山田佇立，有時在雲外飛舞，黃昏時它們就向着東山飛回來。所以山人給亭子起名叫「放鶴亭」。

知州蘇軾，時常帶着賓客、僚屬去看望山人，在這座亭子上喝酒，感到很快樂。他對山人拱拱手，說道：「您知道隱居的快樂嗎？這種快樂，即使南面稱帝，也不能跟他交換啊。《易經》上說：『鶴在陰暗處鳴叫，它的雛鶴便應聲而和。』《詩經》上說：『鶴在低窪的地方長鳴，聲音高遠，直達雲端。』大概鶴這種東西，高潔閑遠，超脫於塵世之外，所以《易經》和《詩經》都把它比作賢人、君子、有德的隱士。親近它，跟它玩耍，好像是有利而無害的。然而，衛懿公因爲愛好鶴，就喪失了自己的國家。周公作《酒誥》，衛武公作《抑戒》，都認爲荒廢事業，迷惑性情，敗壞和攪亂國家的，沒有什麼象酒那樣嚴重的了；可是劉伶、阮籍這一類人卻通過酒而保全他們的純眞，而且名聲傳到後世。唉！朝南坐的君主，即使是清高、深沉、安靜，像鶴那樣的，也不能愛好；如果愛好它，就會使自己的國家滅亡。然而，在山林江湖間逃避世俗的人，即使是荒廢事業、迷惑性情、

敗壞和攪亂國家像酒那樣的東西，愛好它尚且不能成爲禍害，更何況愛好鶴呢？從這看來，國君和隱士的快樂是不可以放在一起講的。」山人聽了我的話，高興地微笑着說：「有這樣的道理嗎？」於是寫了放鶴和招鶴的歌：

鶴飛去呀，望着西山的缺口。在高空飛翔，俯瞰下方，選擇它們認爲合適的地方。很快地回過身體，收起翅膀，似乎打算要停下來休息；忽然看到什麼東西，又昂首飛向天空，準備再作奮然一擊。整天徘徊在溪澗、山谷之間，嘴啄青苔，腳踏白石。鶴歸來了，在東山的北面。那下邊有個人，頭戴道帽，足登草鞋，身穿葛衣，正在坐着彈琴。他親自種田過活，自食其力，把那剩餘的糧食喂你。歸來吧！歸來吧！西山不能夠長久停留。

元豐元年十一月初八日記。